铜仁市文艺创作扶持基金资助项目

缓慢的时间比飓风狂暴

水白　著

中国出版集团　东方出版中心

图书在版编目（CIP）数据

缓慢的时间比飓风狂暴 / 水白著. － 上海：东方
出版中心, 2024.5
　　ISBN 978-7-5473-2408-0

　　Ⅰ. ①缓… Ⅱ. ①水… Ⅲ. ①诗集－中国－当代
Ⅳ. ①I227

　　中国国家版本馆CIP数据核字（2024）第087183号

缓慢的时间比飓风狂暴

著　　者　水　白
责任编辑　张馨予
封面设计　钟　颖

出 版 人　陈义望
出版发行　东方出版中心
地　　址　上海市仙霞路345号
邮政编码　200336
电　　话　021-62417400
印 刷 者　上海盛通时代印刷有限公司

开　　本　787mm×1092mm　1/32
印　　张　13.25
版　　次　2024年6月第1版
印　　次　2024年6月第1次印刷
定　　价　78.00元

目 录

第三辑

友谊的纯粹

第五辑

时间与我，漫无目的地追逐

第六辑
触手可及却是瞬间幻影

第一辑

一行行诗替昨夜的月光落下

被改写的台词

古街上,店铺,人群

像换了一个地方,一段时日

儿时封场的景象

彼此回忆,讨论,小学时光

只想快速穿过,街道铺面

中午,阳光最美的一刻

投射在巷子深处的绿叶之上

相机捕捉不了的瞬间

颤抖的手,也挥不去阴云

天空没有鸟儿扇动翅膀

南北两街散落在蒲溪之滨

延续着不同的生命之路

每一个商铺的前世

都是道不尽的儿女情长

清晨和夜晚下的柴米油盐

也是桥下溪水不断流淌的动力

不再关心铁钟经书

最美的由来

在屠隆铸就的戏台前

只是一句句被改写的台词

如夜幕下的经典，怎及

风雨之后船工离去的身影

空想

偶尔会忘记所处的时空

草地上的孩子是我的来生

我们之间隔着绿草

像属于某些动物的领地

不会轻易加入,休闲的一家

偶尔会忘记自己的身世

小道上的塑像不像我的祖先

不知从哪里开始寻找

一条路的自信与伟大

如果在这里遇上

与己有关的符号

树木,石头,鲜花,云朵

或许能够死灰复燃

如一团火,在绝望时遇见风

偶尔会忘记一时的目标

在空旷的露天舞台

是要成为编剧还是演员

没有任何音乐声起

石凳的孤独注定了我的空想

偶尔会忘记公园是人类休憩的场所

梦想的天空

能够记住的往往是故事

他就要去另一个国度了

分别不必那么矫情

在酒杯里叙旧

某个夜晚

夜晚的某个时辰

北张家浜路的一栋居室

以为闭上双眼

也就延长了友谊的时间

暂时忘记也很幸福

可以去寻找

几本书中的诗意叙述

一个人打开房门时的回望

一盏灯亮起的瞬间

心的旅程如地球一样

所有的分别都有重逢

在路上，在心中

明年我将回到故地

他日日所面对的大海

就是同我曾梦想的天空

追风的人

风总是呈现她不一样的背影

有点细雨蒙蒙之感,距离也显模糊

不需要去结识每一个遇见的人

有时本身就在两个不同方向

况且,它还加快了彼此的步伐

这有点类似于电影的镜头

或许正在制造一张移动的照片

风如一座无形车站,我们相见别离

让怀念多了一个可以设想的站台

追风的人,也在长发飘飘中许下诺言

随着轻飞的枝叶,降落在一处池塘

融化,伴着夜晚的温降雾起

一个人,独自用手指划过的涟漪

很多次场景,我却记下了这次

那转眼的一瞬,就像过去的一生

还未来得及在风中苏醒

又被这偶然的一幕,带进

春天里,如树叶下雨滴的复活

旧城小巷

并不是无意走进，不熟悉的小巷

寻找的人，就像他的故事一样扑朔迷离

热心人不止一位，给我们叙述

似乎他们也厌烦了这位租客

这是一个老旧小区，东临山脚

铁路依然伸向南北两端

城市建筑已经阻挡了火车的身影

那时，从这里的屋顶可以看见

每天忙完后交接给同事的列车

每一次鸣笛就是调好的闹钟

像此刻,她随时都在等待的一次交流

她端着瓷碗,叮嘱我们把他劝走

他们的房屋紧挨,我好奇她的白发

在这条古巷里的青春,与她的无奈

她咀嚼着,一个人端起的美味

慢慢吞下的瞬间似乎又不抱希望

对被遮挡的车身已无可奈何

我理解她眼神穿过的方位,西面

太阳落下又是一日,关于隔壁邻居

一次次举杯,旺盛的炉火

被无意擦拭的锅烟,黑黑的一团

是他掩藏在这角落的诉求

人渐稀少的小巷,随同一棵古柏

如一列火车在这里主动陪伴

他们放慢的脚步,以及

终将遇见的答案,鸣笛一声长叹

一行行诗替昨夜的月光落下

有雨，那是他乡，一行行诗

替昨夜的月光落下

这世上经历了一天，可有说不完的事

只是太多太多而又没有人愿意倾听

他们习惯了窗外，黑夜中

时间的另一种计算方式

为什么是替月光落下，而不是其他

如果昨夜是初一

你岂不是说我撒谎

其实月光储存的整个夜晚才是最大的谎言

它想把人们带入沉睡，永远忘却人间之事

可每夜却总是又有那么多失眠的人在盼望月光

停下怎么是一种不可能

城市静如行道树，没有声音，思考
蝙蝠已经逃离，被人逐渐损毁的瓦片
仅剩的一片光被傍晚遮挡
老鼠会飞，不是童话，屋檐之下

灯罩里的雨滴，世界最晚的对话
只是我们不能听懂来自天上的欢歌
关于宇宙，只能接近触摸的部分
掉落的羽毛，偶尔会被踩踏

黎明终会来临，依托季节改变着时间

但总有人已经不能看到

如明亮的路灯被无情抛弃

熄灭时刻，命运被别人掌握

停下怎么是一种不可能

被风吹走的枝叶情不由己

夜的许诺何时才能兑现，与孩子

让无畏的脚步在白日并排行走

理想夜

夜晚按照自己的设计多好

萤火虫照亮的山坡虽然只是传说

生活想象组成人生理想

异域空间有着相同的飞舞

不必亲临，夏日就在窗外

描述显得足够多余

多年前的风声飘过

翅膀扇动悲伤

死去的童伴仔细聆听

如之前，草亡之后又生

一块尸骨重复着祖先

理想的夜就是回到从前

对着虚空的镜子捋一捋头发

飘逸在手,自信从容

忘记思考的时辰

钟声轻易敲响,夜之门

散漫之光

我要感谢每一个经历的时刻

虽是意料之中，却也是意料之外

随时可以遇见的风景

随时都在以不同的方式呈现

就像哲学家所说的同一条河流

我们不能两次踏进

眼下的河流每天都在跨越

却不能听见那位哲人的叮嘱

恍然间，我们又离开了

每一次风吹河岸的枝叶

和我慢跑的脚步

随身携带的身体与灵魂

平坦的步道已经让人放弃

曾经喜欢的某块石头和某种记忆

抬头望天，那是朝阳升起时

云层之外的散漫之光

在河上饮

把酒饮在河上，流水滔滔是我们在吆喝

沙石上的杂音向下，一泻而去

这不是哀叹，而是在追逐

流淌于每一寸山河的脚步

地虽陌生，草木却又似曾相识

干杯，在没有任何遮挡的群山下

苍凉，空旷，落寞，一饮而尽

在河上饮，孩子们拾起石子掷入水中

一颗骰子，预测着未来的命运

幼年相遇就如山水相逢

放下相互的猜疑

饮者河上临风,两岸皆摇

摇摇欲坠是随风而动之心

回拨时光,正在腐烂的枝叶

细心呵护带着年轮的指针

在河上饮,醉了就化为一块石头

真言被刻成不同图案

一场人生百态,滚落在河上

自由之窗

窗被封得严严实实，这是阳台

我在黑夜里看着窗外的牌匾

那些不同的名字，就像不同的一生

我庆幸是自由的，可以穿过楼梯

前往牌匾下的商店，买一包香烟

取出一支，像同事或友人分别时的托词

咽下欲言又止的话语，还有欲望

你看我在铁盆里种下的小葱

能够被自己掌握的生命多幸福

假如此刻的我不能回头

所有的一切都将变得弥足珍贵

尤其是这轻轻的脚步，都没有多余的空间

曾经拥有的现实都将成为幻想

像这夜的一梦之间

所以我喜欢风常常吹着我，像敌人的巴掌

也喜欢雨落在我的脸上，像恶毒的话语

鞭打与指责，于我都是自由的夜晚

油菜花开

一见油菜花开,我就想起了菜花疯
疯狗的一种,那时不敢出门
没有见过它的模样,就像是一种传说
狗,春天为何会疯,听见过它的叫声
就在一个山坳,无油菜花黄
应该来自别处,至于何时染上的风邪
像我们人一样,成了病原的媒介
我一直以为它只有咬人时可怕
而不明白其也能抑制美好的出行
这个春天,油菜花独自盛开于地

于这没有疯狗穿行的时日

至少我没碰见，狗在菜花丛疯掉的时刻

花谢如落日，只是须明天

再凶猛的犬吠也不能阻止春天

季节可以扰乱它的神经

就像我不切实际的幻想

拥抱着一地菜花

人间十月

是否一定要登上此塔，才能有所感悟

昨天还在这样念想，今天我就如梦

望穿眼前江水，在十月

可还是望尽不了秋日，红叶还未抵达

水下淹没着的是一座古镇

千万人曾经汇集于此的盛景

已被阵阵云雾覆盖

它是翻开不动了，昨日深处的印迹

我也仅能凭一些零星的记忆

回想古镇最具代表性的建筑、地名、人名

江水如镜,依然照耀着这里的天空

古今所有共同居住的生灵

都已或将于此预见未来

每一条河流都不允许我们停留

稍纵即逝,喜悦便化为忧伤

我偏爱白鹭胜于其他啄食的飞鸟

不只是诗人的赞美超过了羽毛的洁白

还因每一次我们都能相见

在古镇半空,如今繁忙的码头

久别多时的友人也是如此

常常在这样的地方迎接,送别

白鹭翩然离去,陪伴着隐藏的浪花

沿着梯布,把脚步抬起或放下

塔尖是另一群人永恒的守望

所有被留下的魂灵所期盼的时日

人间十月,偶尔路过的处处风光

归途

古道亦无，几百年的痕迹

似乎在一夜间长满了

几代人的私心杂念

且不说已经枯萎的杂草

待此刻立春以后，还将重生

只惜固若金汤的巨石已被拦腰斩断

破裂的纹路，是一颗被伤得多透的心

我曾站立眺望的位置没有了

替代的是一棵树的阴影

靠近自己而又略带黑暗的部分

应该才是接下来最真实的躯体

土墙坍塌已无窗户，透过什么才能看清

已近无法复原的场景

要是再生一片竹林，躲着身影多好

黑夜的配角

一个人在房间,忘记了宽窄

能否容纳我的并不是面积大小

我的影子贴近地面,入睡

剩下我独自站立,守卫

它是我此生唯一的寄托

真实地存在于这个世界

它喜欢在黑夜出现

陪伴,床头上文字里的幽灵

默默为我打气,不要失眠

我望着灯光,共有黑夜

缔造这一切的王者

浑然不知它所引发的忧虑

仔细聆听,纸张之上的对话

还有行走的脚步

身旁,落叶的声响

是我从这里入梦的力量

但愿不要再次醒来

只需随着他们

走进另一个主人的深夜

充当配角

山水图

我时常进入行走的人群

冥思苦想，与生命有关的数字

年月日，开始与结束的时间

就像转圈，有时正好重合

大部分都会差之毫厘

其外，偶尔也会进入黄浦江边

看落日，外滩灯光何时亮起

跑步的人群习惯了夜风

运动鞋落地的声音，柔和短促

像这呼吸，彼此擦肩而过

听得见,却熟悉而又陌生

芦苇丛中,白鹭掌握了退潮时间

在淤泥中啄食和研究

每天错开,间隔的规律

它已经习惯,船舶的路过

或大或小的波浪,包括汽笛

都成了一种特殊标记

它的鸣叫我永远无法听懂

沿着河道,回家

地平线

为你拍照，恰如拍下每天的希望

尽管有时也会忘记甚而删除

意义并不重要的这个瞬间

但还是会努力记住能够成为回忆的部分

如果再早一点，我可能会越过

你此时呈现的红色，晴天

以为离得很近，其实很远

每加快一步你就像走了两步

可感觉再远，你却又都在眼前

知道你永远不可能消失

至少在我存世的一段时间

小说家讲述的故事也只是暗喻

可也怀疑,这暗喻会成为事实

总是行走不到你的尽头

全是一种虚幻的想象

在转身的瞬间

甚至把早晨当成了黄昏

也正是此刻才理解了一位亲人

多年前的一天,迷失了回家之路

那日多么盼着在如这个早晨的地平线上

有着一位熟悉的身影

晨河

平静的河面照出浮躁的内心

多想捧一束绿水，洗不了心却可以洗下脸

可又不想破坏这寂静的早晨

它就是我要照亮自己的一面镜子

小小野花，我仔细观察，是丛林里的颗颗眼珠

它们目睹着一天的开始

该怎样去记录林间的趣事

用果实，有时也是花谢后的虚无

喜欢早晨的鸟鸣，如一把变形的梳子

梳理着汗湿的长发

随风而起，镜中的猜想

琐碎和闲聊之事沉落，才是钟声响起的时刻

偶尔有缘

昨日，傍晚，如往常一样向西而行

七月初四，期盼着弦月

弯弯的，穿过杂草，像一盏明灯

照亮农历的这个月份，有鬼的夜晚

河岸是一群鸭子

嘎嘎叫声于暮色中格外刺耳

像一群孩子还没有回家

这里没有人家，它们来自哪里

我也好奇这城市边缘的一幕

它们为什么不再害怕

偶尔飘来飘去的，人间烟火味

今早没有阳光，雾在头顶

这是久违了的场景

让我暂时不去想象远方

经过那路口，正好一老翁

赶着一群鸭子下河

应是昨晚的那群孩子

我只有这样猜想，缘分

就在一念之间

有雾的早晨

七里塘才从睡梦中醒来

我便行走了七里

刚好穿过，一座桥下

人们称呼你的地方

我曾在志书上寻找关于你的来历

简短的记录就像消失的时光

留给想象的只剩葱郁的树木

它们的影子下，应该还有

官府或是民间丈量你的石板

亦曾在一个黄昏

我们来到这座桥上

目睹前方,被称为玉屏的县城

略高于山的鼓楼,等待着半夜的歌声

和一位乡友,像穿过故乡一样

穿过相似的灌木丛,叶间的夕阳

我们还看到了绿绿的河水

潕阳河里,最后一线红光

似乎隐藏着暮年时

那种悉数一生的心境

越界

站在一块石碑前，前面就是晃县

九十年前的碑名被泥浆沾满

迈过一步，似乎就能听见藏于林中的枪声

这是约定俗成，人与人之间的规则之一

尽管彼此都不需要其他，过去与将来

而它就是一位智者，没有声音的雕像

两个卡口，检测着同类的行为

暂时不能越过，又被派上用场的界线

回家,返回,初始的陌生相遇在此

面对无法看见的敌人

没有枪声,却随时都在搏斗

依然不能跨越,原本就已存在的界线

没有谁会在意

庚子年初,总是无法入睡

黑夜里还有一盏灯,孑然一身

一轮生肖开始,祭奠,以后或者从前

没有谁会吹灭,饱含着梦的气泡

点灯人双手合十,亦并非祈祷

只是偶然的巧合运用了这一姿势

先贤出于良知,源自基因的本能

谁都可以放弃本身就无的面具

一个人内心伟大，就不再需要照亮

闭上双眼也能找到有无之路

蜡烛的微弱只能陪伴那些掌声

迷茫，紧贴着身体而又无用的力量

当不再有人，像我们自己，守着这夜

一根火柴点燃的只是失望

点灯人也将不留最后的背影

明亮的星光在角落没有任何阻挡

接近时间

傍晚，在高速路上掠过

时光，车窗外的芭茅草

接近黑夜的山冈

已经习惯了没有主人的守护

草下的墓碑色彩斑斓

腐烂的头骨期盼着月光

等待着机会跃出地面

唤醒，一同沉睡的那排名字

一群没有名字的山野

与我无关的土地与亡灵

却如此靠近，无法停留的时刻

欲望

欲望是黑暗中的苹果

美好而无法被切开

它独自存在，像一把刀

只有回到原始的森林，找到果树

摘下苹果，摘下林间的太阳

将它们悬挂于房间，我才安宁

欲望是白天的翅膀

看得清方向而又不敢飞翔

随时都在准备，也随时都在顾虑

应该斩断自己的身躯

言不由衷的虚伪

将它们在光天化日之下埋葬，我才安宁

欲望是生锈却还在待开的锁

欲望是丢失却还想去开门的钥匙

欲望是无法锁住和打开的完美之门

舍不得转身的我们，形同虚设

水声

有时，你不敢相信水的声音
但这真是水，而且是盐官的潮水

一浪而过，像我等待的时间
这目送着前进的时钟之声

当坚硬的岩石被叫作石塘
我想起了一层一层铺垫的历史

虽然我没有等到激烈的撞击

潮水回头的一刻总带着怨恨

怀念，乾隆种下朴树的时刻
带给此刻的阴凉也还有人怀疑

前人书写，属于一个时代的潮水
潮落下，豪情总是留下遗憾

筑塘的劳工才是海神的哨童
一声唏嘘就能暂停举起的石锤

潮水过后的堤岸，黄叶已经习惯了
哀叹而去的脚步，水声

匆匆而过

没有停留，如这奔腾的江水
我们都在追赶前进的时光
你向东，我向西
似乎总是在遇见中错过
一晃而去，如这渐长的年龄
不惑之年的靠近总是迷惑
我在人生的天平摇摆
左边是孩童，右边是老人
没有一点声响，变黄的树叶
叶片经络如时钟指针

穿越原本存在的平面

一旦停止熟悉的运行轨迹

就算撕掉了车票

也不能撕掉车票上的时间

就算等到了你

也不是我想等的你

匆匆而过，为什么会这样

虚假的旅行

路过你的脚下足以说明我有一分虔诚

没有为你献上哈达是因为托付了白云

没有为你抛洒酥油是因为借用了湖水

所有的准备都为一场虚假的旅行

你暂未吃草是你不想奔跑

你暂未积雪是你还未停歇

天生的马齿也带缺陷

把所有咀嚼的过程当成初恋

吻遍所有的草原都没有升华恋情

我没有登顶如低矮的杂草

尽情地生长且按自己的情绪

我没有探险如一群低调的蝴蝶

在熟悉的领地飞翔不惧风的肆虐

雪山的神圣就像内心无限的向往

未知与朦胧才是神秘的力量

恶劣的天气未尝不好

默默地联想民众对你的掩藏

就像永远不知那些岩石的数量

隐喻

你生产的月光不止
是我们不断回望的壁炉
你栽种的桂花不开
是我们不断回忆的山岗

祭师为你占卜的硬币不再旋转
它已经越来越接近海潮扑打的岸边
耗尽一生也没有听清你的阐释
受伤的耳郭即将接受浪声的治愈

吃尽了所有模拟你的食物

还是如饥肠辘辘时的躁动与轻狂

饮下了所有与你有关的美酒

依然有团圆后别离的忧伤

取不下你的无意牵挂

伸手触摸着我日益逝去的秋天

忘不尽你的山川河流

这是我最不愿思念的时分

人走茶凉

还以为那份热气，能呼风唤雨

人走，茶自然是要凉的

那铺陈于半山，或半屋的一张木桌

盛满或是半杯的紫砂，怎能忍受时间的折磨

风吹，数十分钟一过而去

再坚固的誓言也抵挡不了光和夜的侵蚀

都还需要远方，都不敢肯定你是否还会回头

所有的不确定实也在一杯茶之间

学会放弃，如每一杯茶所凝聚的

甘苦或是清香之味

就算有着一个不能背叛的青春

划拳许诺,歃血为书,结拜之兄

都将走向没有夕阳的夜晚

中年的沉稳也不过如此

父母的渐向高龄,或是病痛

一杯浓茶蹉跎着稍显珍贵的时光

对子女的忧虑或是歉意

似一杯清茶,还没有品出茶味就已喝完

一杯冷茶,就能感知他人的味道

他人也需要一杯热茶,尤其是独处之时

更需一杯茶来回忆,对比

哪一杯更热,或是更冷

习惯了自然,习惯了茶杯之上

热气随时消失,才能品出茶之真味

无名茶室

关闭好门窗，以不让茶香溢出

正在讨论诗话与茶语的空间

这一间民房肯定没有想到

一些关于思想、文学的言语

会在这些普通的砖石之间流淌

原以为都如平常的黑夜在此角落

渐渐地在熄灭的灯光中又去一日

不同的茶叶，伴随着不同时段

浸润着状况不一的身体

这个夜晚，他们似乎又感受到了

茶叶生长时在黑夜里收纳的物品

被遗忘，被鸣叫铺满的星光，露水

寒风，暴雨，鸟巢，变着颜色的土地

他们还感受到了茶叶的重生

在空空如也的瓷杯里，假装怀揣着历史

伺候着帝王之时，便以为也是帝王

还顺带带杀气，藐视着自然的茶香

诗人从书架里走出，朗诵着自己的文字

策兰喜欢红茶，聂鲁达喜欢白茶

布兰迪亚娜喜欢绿茶，洛加尔喜欢黑茶

我不时故意洒落一滴，连同猜想

用一片新生的青菜叶

在煮沸的茶上，渐渐盖起

岁末之茗

是谁采下，这几片绿叶

从一杯茶里品出大山

时间轮回，在那儿不停打转

我想到黑夜里万物生长

此时，茶叶也正在茶壶里重生

世间相似之物何其之多

唯独从茶杯里看见了星空

一个人在一张凳上

冥想那些甘甜的味道

像爱情，曾经被虚无的桌面支撑

其实我更喜欢苦涩

过往随一口清茶无意吞下

瓷杯神圣洁白，凡人手中已无祭奠

只为自己能够淡忘，匠人传承的经典

推开房门，寒冬腊月后，惜无今年

为什么非要等到春天才去怀念

多年前预想的某一个场景

白色茶杯里不能停留的此刻之味

车窗外

车窗外,良田,村庄

池塘,浮萍,河流

陌生而又熟悉,似曾相识

已懒得在地图上搜索它的名字

我把这些风景装在心中

像一个人,成为别人的回忆

比如错过的初恋,音讯杳无

如果前方的河滩还有一处背影

像曾经许下诺言的中午

却也无法停留,火车载着的时光

笑容,甜蜜,幸福,年轻时拥有的

有的在持续,有的在消失

有的在恶化,也有的在升华

习惯,快慢于心的感受

你还会去担心,她或他吗?

朴素的感情,系着乡愁

一颗被遗忘的种子

寄托着彼此离别时

仅存的最后一丝希望

车窗外,水田,田埂,黄牛

一心回到童年,话语早已忘却

畅想,白发苍苍

列车把晚年分隔得更远

帆影

为殉难者前行,曾踏遍的每一处礁石

游离的魂灵也需要不断找寻

即使是被想象而成的一只飞蛾

也需要认真对待,叔叔说

"每一个靠近你的生灵都是你的前世"

暗流涌动的羊心滩,在文家店下游

父亲说那里翻过很多船,人死无数

这是从古街往下的最近一滩

我所见的木船经常在这一带往返

这是祖先为自己留下的空间

去外婆家，每年由此往返几次

时常有船，暗暗为其担心

至今没弄明白，滩名何为"羊心"

似乎形如，如是所指，每一艘船过

帆影都将浓缩成为一颗"羊心"

自古水手皆畏滩，"滩滩都是鬼门关"

遇难的水手与船工化为一种符号

成为传说与故事，被喻为岩石与山峰

白帆一次次升起，船又顺风而行

帆影一掠而过，昭示着那些符号

流浪狗的早晨

正好被我遇见，穿过初冬的阳光

季节它是能感受到的

这些变化与追逐的前方

路牌上的马家窑

就只能当作一个符号了

我想起了一篇文章

"我在马家窑里的青春年华"

确定的是，那个马家窑不是这个马家窑

可是每次从这里路过

我总是把它们相连在一起

群山起伏，日子每一天从它们上空划过

应该都是一样的弧线

那只狗，瞬间又离开了

没有看见我，我却看见了

陌生人写出的时光

正好在它经过的路牌之下

它夜

群山退下，像被控制的幕布

月亮是这深夜的主角

江龙兄与我，还有几个同事

我们相信乌云的聚集会带来暴雨

凌晨两点，这样的天空失去了多年

如梦境中曾有的记忆

与周围的黑夜是一种完美结合

在这山顶，没有听到任何叫声

难道一切都沉睡了

只剩下我们人类

山相似,夜相似,月相似

只有时间不再相似

流动的速度不断加快

把我从一个小孩流到现在

他们偶尔点燃香烟

瞬间的火光像一束流星

划过山坡,吮吸之间明暗交替

每个空隙似乎都储存着故事

太静了,整个山头

就算整个黑夜留给了我

我却依然害怕

月亮真的会向我走来

割掉我耳朵

只要这样一想,身上的热血就感觉正在流走

真的要是一个人

我肯定会想象出很多人在我面前,

活着的,死去的

为我做伴,鼓劲

它夜，被这样遇见

虽没有喊出累积至此的感慨

我却听见了一阵强大回音

沿着这夜，在无限想象中

随着山底的溪水流淌

哗哗声响回落在我心上

如些许尘土，降落在五指之间

挥手而去，便抖落了半生苍凉

他们离开时候劝我的声音

他们在山后议论我的声音

他们在心里担心我的声音

他们最后对我绝望的声音

这些所有的假设都没有迎来

万物静静初醒的早晨

山相似，夜相似，月相似

只有我不再相似

把一个人影从远山移到近山

从昨夜移到今夜

或是明夜

彰寨月

又看到相似的天空,异乡,黑夜,乌云中藏月

一下又探出头来,此刻唯一的笑脸

俯视,半山及静止的身影

又回到了孩童时,对月恐惧

仿佛这山只剩下了我和它,重逢于此

渺小之眼,怎能望穿身后暗影

你给予我半生悬念

似这变幻不测的星象

不能看见的影子

指点江山虽是他人之事
闲人却也喜欢在山顶眺望
一只猛禽所俯视的区域
阳光穿破云层的窟窿

怀念春天的蕨苔
以枯萎的躯体还给风雨
为在阴凉处躲藏的兔子
或是饥饿的念想

登高望远虽是文人雅好

我同样喜欢望尽天涯

无路才有幻想，欲望

云层之外，应有一群雄鹰

目所能及的天空，很静

山顶岩石掉落的声音

不能看见的影子

在破败的墙壁内对话

第二辑

家似一株薄荷，清凉之味

月亮光光

"月亮光光,芝麻烧香"

成人思维怎能解释孩童眼光

一颗一颗芝麻,被月光点燃

如一炷香,在泥土里升起

香芝麻,白糍粑,被忘在一起

麻大姐,王姑娘,偶然遇见

真要女人的手才能完成

食物变成祭品,生长需要仪式

"月亮光光,芝麻烧香

烧到哪里,烧到官庄"

熟悉的口头禅顺口押韵

虚拟的符号神秘遥远

官庄是伸手可触的黑夜

父母无法描述的远方

被抽象的古街,乡场

那是能抵达的终极

长大后能见到的女人

莫非都在官庄

"月亮光光,芝麻烧香"

我嗅到了一双手的味道

像孩子,像父母,像自己

每夜久久不愿入睡的月亮光光

出食

父亲总是在十字路口

送一碗水饭，加三炷香

为什么是水饭，至今都不明白

连碗一同打烂在地

房前的十字路口没了

父亲又换到山坳

山坳上的十字路口没了

父亲又换到了沟底

雨中也不放弃

月半，或者不顺的时日

一切都没有熬过年轮

白发不再相信路口

过去的神秘之夜

我总是偷看

他跨越门槛的瞬间

匆忙还是缓慢

他必须虔诚，假装成一位巫师

连自己的孩子也要避开

接触神灵的一刻

是否真有交流的咒语

如果有谁知道相会的准确时间

该怎么去阻拦偷吃的饿鬼

总是在黑夜端着一碗空空的思索

想象着十字路口，被人敬奉的水饭

活菩萨

瓮溪又出了个活菩萨，说得准

寨上的伯妈伯娘又在纷纷议论

上次死的猪，有人说是东边垮了岩头

母亲始终这样怀疑，准备去问问

我还年幼，不明白她为什么会相信

一个异域陌生女人的言辞

别人家什么情况她都说得清清楚楚

外人都将信将疑，母亲准是信了

据说声音还源自她的肚子

来世还是前世于此都不再重要

我没有见过传说中的活菩萨

也没有问及母亲

其言说与事实吻合的程度

没有大山，没有寺庙，也没有僧侣

这绵延不绝的苍茫

始终像一个谜

从一开始我就怀疑活菩萨的真假

只是看着母亲迷茫的眼神已无意劝说

相信她自己的理解与判断

明知是无用的安慰

也得寻求虚拟的认同

每次路过传说中活菩萨居住的山脉

潜意识里总是抬头望一望那里

母亲当时究竟感受到了什么样的灵性

娘娘会

狭窄的草坪，山林与田土之间

自带物品，自带碗筷

婶婶阿姨们聚在一起

她们在做什么，如远去的光阴

只有一种隐约的记忆

这是放牛经过的一处地域

普通得像每天遇见的草木一样

还有一户人家，姓吴，一根柚子树

一个老人，一口石水缸

四周青山围绕，绿树成荫

偷窥草坪留给我的一瞬

西去的夕阳一道沉落，另一处梦境

又是一年，母亲带着碗筷和腊肉

向着那个方向，沿坡急促而上

我只有想象热闹的场面

满叔说是吴二毛死了

那户人家的主人

我曾深信这是事实

一段时间他家的田土荒芜

他回来了，并没有死

只是满叔的话

和那段时间组成了一片空白

母亲说了，那是娘娘会

全寨女人聚会的日子

年祭

猪头,猪尾,刀头

几十年如一日

父亲在家门口,祭祀先祖

香火上,不同的名字依次排列

很小时我就纳闷

它们能否用到,被焚烧的纸钱

这靠的是一种什么样的感应

何况还有碗里的烧酒

它们怎能感受不同的热情

父亲总是把烧酒往纸上一洒

火焰绿绿，像极了另一个世界的笑脸

我还听见了，父母最期盼的回应之声

只是如今，一切都简化了

敬灶王的程序没有了，敬水井的程序没有了

敬猪圈的程序没有了，敬牛圈的程序没有了

就连在堂屋、大门、院坝

多处焚烧香纸的地点也合并成了一处

能够让我信服的理由只有传说

年是野兽，也是一段时光

如今，只能用祭祀告慰自己

没有野兽危害的时光

香

以香柏枝制作而成，点上它，默念
在堂屋，祖先坟墓前，十字路口
好愿就继续向上延伸
这一门手艺，快要失传了
一直想把它记录，这制作的过程
每一个环节都应有着特别意义
慢慢燃烧，一缕青烟，带着柏味
这香味总是把自己带入思念
老人都在这样的香味中离去
"上香三支，再上香三支"

阴阳先生拖着懒洋洋的语调

告诉后辈，只有这样香火才能传承

文家店上街，一排排卖香的人群

曾经的盛况已无法再现

有一位制香卖香的老人

奶奶的妹妹，管叫三姨婆

多年前去逝，叔叔哭得死去活来

她对香的虔诚，没能让一个儿子长大

马鞍山

马鞍山上有棵大枫树

父亲曾经买下了它

有个山坳名叫曹家坟

我只是儿时去过一次

曹家的坟有多大

从未听父老乡亲说起

是过去多年的辉煌被淹没

是只买下坟地从未新建

或就只是一个地名而已

山属北向，北斗七星下

我常常仰望那里

山坳下有一块平地

我以为，那就是曹家的坟地

马鞍山上还有松树林

松树林里面还有兰花

兰花开在冬春，回家的时节

住在枫木制造的木楼中

错把枫香当成了花香

六栋木屋

六栋木屋,排成两排

不知是有意为之,还是无意生成

它们并不知道,如自己主人一样

生命之物,与非生命之物一道

并不能决定自身的到来与离去

六栋木屋,都曾经历庄严的礼仪

似乎只有经过了严格的仪式赐封

吉祥的话语经过"鲁班"师傅的金口玉言

才对得起没有断代的师承

六栋木屋,一栋属于爷爷

一栋属于叔叔，一栋属于伯伯

一栋属于大哥，一栋属于二哥

六栋木屋，结构都为五柱四瓜

就像我与他们都有着面貌的相似

六栋木屋，当然还有一栋属于父母

父母说我有一半，我也这样认为

这一半，总觉得是我与此地的割裂

青之界

选一个地方安放自己，让灵魂

在竹林里转悠，在山顶奔跑

和那只遗失的羊一道

啃着青草，呼唤着同伴

望着白云下自己的身影而跳跃

赶羊的鞭子挥舞出风声

奶奶在叫我，外婆在叫我

早睡的双脚像火一样暖和

好想用青草编织成一张彩色的床

迎接着奶奶、外婆和遗失的羊

没有床帘阻挡我的仰望

被丢失的季节与颜色

随时随地都是成熟而落的树叶

童话里，金子应该就是如此

只是这里，唯有羊吃青草的声音

奶奶和外婆骨头腐烂的声音

被大雨冲刷下，扑哧扑哧

选一个地方安放自己，那里有梦

清明之雨

雨纷纷，亦如一个民族的基因

已经浸入每个个体的血液

或也是这时节，有雨的相伴

魂灵，才能在烟雨蒙蒙中呈现

像那些散落于林中的风

无形而又真实的存在，能感知的空间

雨打桐花，山顶积聚一季春寒

谁能用长发割断祭祀的雨滴

阻隔源自骨子深处的思念

桐花示牧童，前日轻狂正在兑现

每当在这样的雨中前行

我又想起了那些温暖的手掌

如今却是这般冰冷

我该用什么才能复原

时间在土地之上的碎裂之势

桐花落，雨中的凋零不止

我不只是在一个节气里感叹

把那些悲情的花瓣，靠雨渗入

堆叠着无数尸骨的泥土

野火不尽

清明了，再次梦见死去的亲人

都是至亲的叔叔、姑姑

还有大伯的坟外坍塌了一块

爱人也说梦见了奶奶，一脸不快

在住地不远的河滩烧起一沓香纸

他们应该嗅到了这亲切的味道

烟，正沿着家乡的方向升起

或许是巧合，正好慰藉着不安的心

一堆野火不尽，用树枝拨弄着

孩子的脸上映得通红通红

舍不得滩上的火焰熄灭

再加上一沓香纸，无声的呼唤

不能解释每一个动作的含义

既然魂灵无形，我们则充分相信

无路，也能抵达任何一个地方

野火不尽的沙滩胜过临时的祠堂

这更是一处大爱的场所

无人收留，还在游荡的幽灵

随时都可自由相聚在这里

野火不尽，那只是我的幻想

每个夜里多一丝光亮真好

梦如此山此水，更加清澈明朗

猫滩

对门的猫一叫，猫滩就有船翻了
崔家村就在对面，姓崔的同事说起
过去的事，就像翻了的船没有痕
这是乌江上难得的一段河滩了
号子已经沉寂，曾经跃动的音符
已在鹅卵石上长出了青苔
它们依然参差不齐，只是没有了声音
想到我的心跳，总有一天也会如此
我就学会了释然，把自己原有的呐喊
降低一点，回音总会在山间消失

那些在噩梦下逃生的人

后来遇到猫的恐惧，又会怎样

对于猫滩的传说，是否进行了传承与演绎

江中的船只，失去了原有的功能

我的窥见当然显得多余

不再需要，江水中的行走带给我的远方

此时如果有一只猫的出现多好

它一叫，也就验证了传说的覆灭

原本的苦难与幸福，在昙花一现的沙滩上

也只是彼此交流的一段言语

1981

1981,传说中的大天干

1981,土地下放,以我名义分得了魔芋土,六分左右

1981,辛酉,天干地支未变

1981,老屋三合土中用碗片刻上的数字

1981,附近与我一同出生的还有几个孩子

1981,我用得最多的数字

1981,我遇见了这个村庄

1981,他们给我戴上了虎头帽

1981,父母为我办了一场月米酒

1981,父母立上了正房

1981，开始了与这个坐标无法剪断的联系

1981，我开始适应，这里的一山一水

1981，我在一条直线上开始记录

1981，没有留下我的一张照片

1981，我的一半时间在睡，还有一半在哭

1981，我有一张温暖的木床

1981，所有的月光对我都是浪费

1981，我在镜子里看见，圆圆不胖的我

1981，真不记得，我是怎么开始的，挥手

1981，不明白，归来之时

月上东门坡

慢慢升高，像这时间的流逝

虽不能听见它行走的声响

秋蝉留恋生命的呼喊却异常悲悯

超过了，即将进入黑夜的其他生灵

时值中元，祭祀祖先的言语还在飘荡

随着没有写上名字的香火

在寻找属于自己的主人

只有它，被当作一枚公共的铜币

为我们这些忘记祖先的过客

履行一次祭奠的职责

像是众多的香火之光照亮了它

随时都可以抛下，只要举起双手

它是看见了，可我希望它还能听见

我对它说的这些，月光下的文字

小桥

显得有些多余，连接着两岸

如果没有，或许也不会进入

即使只有短暂时刻，也得感谢

村民赋予的一种特殊邀约

有桥的地方，必有一段故事

时间向上追溯，应是吊桥的存在

至于这个村庄，倒也不敢肯定

该怎么开启，或者溯源

这一座桥的本身，一群人

与这方水，所形成的河流之间

在桥上,俯视着流水、游鱼

谁说无忧无虑,应能感受着变化

不太熟悉的脚步,能否抵达它的内心

善良还是邪恶,犹如黑夜里的冷颤

行走于上,摇摇晃晃,带给来人惊慌

穿过木板之间的缝隙

时间的变化

如鸡鸣,如鸟归,在水里的倒影

古树

生长在村口，如一位老人，伛偻的背影

偏向河岸一面，意欲努力在水中看见自己

树叶还很茂密，初秋没有把它带走

这依然是展示全貌的最好时刻，且不刻意

偏爱阳光、河流，每一个进入村庄的路人

昔日受尽了洪水，已平静得没有脾气

一泻千里的冲刷幸好没有给它伤害

狂风暴雨只是折断了些许枝条

数百年间，送走了这里的一位位主人

虽然不说话，却能感受到痛苦

树干上的裂纹又何其不是泪后的痕迹

我眼望着它，它也眼望着我

似曾相识，河流上有不少兄弟

它并不在意，来去的客人

它才是这里的王者，见证着

时光星移转斗，就像我们的影子慢慢挪动

依然悠闲地生长，不论明天是什么节气

会扫掉自己的绿叶，或者拔出自己的根须

更不惧怕别人手里的大刀、斧头、锯子

任何的挥舞，都是自掘坟墓的表演

岩石

被组合,而成为包围住房的院墙

以及石阶,或支撑木屋的石坎

细小的身子怎么能够预测未来

无法言语,也不能思考

而只凭着固有的形态,任其一双手的摆布

缝隙之间,好似能感受到当时的某种犹豫

不尽完美的造型幸已被绿植掩盖

一层一层,原本是什么关系

就算在一条河流老死不相往来

而如今,命运却被捆绑在一起

共享此刻的阳光，来自天空的金色

把绿叶的阴影收纳于自己的掌心

谁也不想细数你们的具体数目

只羡慕还能保持原有的形态

在你们身上，看不出流逝的时间

已舍不得离去，如自身围住的

无法告知的秘密，还有消失的脚印

由你而建造的风景，在世人眼里

不逊色于随风而起的长发，在此地回眸

人文

没有了房子，这个村庄怎么会美丽

"所以我们并不想搬离"，源自一位老人

一点也没有想到，如此朴实的话语

会与这样的场景联系起来

没有以故土、祖先的理由来讲述

人与自然，在他们骨子里深深相融

地气，总随这里的云雾而起

托起了数十代人的信念与眼界

翻越山岗，孕育了内心的包容

以及对所在村庄审美的矜持

不是固执地去想拥有

或是心与这个场域已相适应

可惜此刻不能重现,他所记住的变化

比如迎亲,唢呐曲调的不同

儿时叔叔哥哥与现在的晚辈

或者建房,木匠工艺与程序的差异

传承与创新,门口河流的消失与扩张

除了这些,还有劳累后的汗液

洗去后流入小溪,成为它们的营养

所谓人文,应如相生之后的念想

苔藓

已经在牛棚顶部蔓延，肯定还会继续

斑块状的绿色，与房屋上的瓦片

形成别样的阶梯之势，它在努力尝试

借助我一双猜想的眼睛，向上攀爬

总有一天，它会实现这个愿望

牛棚早就没有了牛的身影

主人生活的痕迹，也是许久不见

所谓的永痕，不过只是一种记忆

牛棚快要坍塌，支撑着它的木头

仰望被遮挡着的天空

默默祈祷，能否再给一些时间

让苔藓，仅有的生命多存在一天

木头也还要一份同情

并不想这么快失去价值

至少还可以保存着一处风景

让路过的客人，多一次观望

从这里斜视山顶，有一个最好的角度

凤形

凤形，桃花源里的名字

这里的桃花源，可以说是陶渊明笔下的

也可以说不是，而是梵净山下的一个村名

至于凤形，则是一个小小的村庄

这样的村庄很多，我却记住了凤形

是否如凤凰的现状，世居于山中的神鸟

村庄之后，是原始森林的延伸

神鸟如果有所鸣叫，应该能够抵达

神鸟应该不会知道，与它伴生之人

会赐予，某一个地域，与它有关的名字

就像我们无意进入，相约于山前

这些星罗棋布的祖先栖居之地

凤形之名，应会持久，比村庄自身

它一旦存在，就会囊括这里的一切

历史，人口，世系，文化，习俗

与它有关的故事，为此记录的人员

留给人间的文字，传说

凤形之名，如一缕轻烟升起

从我的掌心而始，烟火的味道

恰如相识之时，面面相觑的尴尬

永远在没有深入的路之尽头

院子

人去楼空，似有一些时日了

院子之中的杂草隐约告诉

我的无意闯入，给了它些许安慰

何去何从，主人理应一直疑惑

鸡鸣犬吠在这里酝酿的每一时刻

他都无法忘怀，树下追逐的身影

空楼依旧如往日向阳而笑

只是少了倚靠在护栏的某一袭长裙

我又如何去凝望，没有了原形的影子

一切都只能在守望与风花雪月间猜想

曾经满载谷物的木桶闲置门外

怎能不忆起蛙声一片的春夏之夜

就在村外，临河之间的数块田间

偶有无数小孩，在那嬉戏玩耍

如，这小小红红的番茄

被人遗落的颗颗眼珠

注视着每一位来客，如我之流

它以为的无礼，有时也是慕名而来

如果有一声门开，在此刻而起

微笑探出头来，会让我措手不及

木房

沿着视线里的轮廓,逐石阶而上

靠近后山,应能领略最惬意的风景

竹叶倾斜,直觉这样告诉

很多次都是如此,幻象得以实现

窥视村庄,或者独享这一山之景

这一次,有一些失望

瓦片已经掉落,隐藏于院里的杂草

倾斜的柱子,很是思念主人

没有合适的落脚之处

风已经自由地穿过中堂

但愿是腾达,就算是落寞

主人已经很长时间没有到此

在远方,晨光是否都如此地

从每一处木板的缝隙间开始

又从每一处木板的缝隙间结束

活跃于杂草和木屋之间的蟋蟀

应该感受到了秋天,草叶的枯黄

关于这木房的摇摇欲坠

是否预知到了某种即将来临的恐惧

附属于身边,人去楼空后的无奈

村口

车停在村口，亦如回到故乡

随时都在进入陌生的领地

那一片竹林，把失去联系的同伴

又聚集在一起，像穿过的风声

为什么要选择在这一刻停留

偶然，本身就是我们的生活状态

喜欢这样的偶然，就像休闲的服饰

款式，与颜色的随意，与心情一道

选择一处幽静之地，让阳光照过

不想那么伟大，只愿如路边的菖蒲

在人来人往中被遗忘，或被带走

每抵达一处，都有新的一生

唯愿它在另外的世界告诉

总是与原生的风景而相隔离

我在尘世的阴影，确有一点虚伪

面前，不只是一个被使用的词语

而是一面镜子，随时都可以看见

掉落的黄叶，缓慢的步伐

相遇在小河的岩石上

没有呻吟，如细微的生命

老人

种植,把一生的价值融入土地

耄耋之年还在坚守,农具赋予的情感

说起自己的儿子,在外打工

他的话没有埋怨,儿子也有负担

遇见我们时的笑容,如此刻的收获

手握锄头,不时也会抬头

晴朗的天空之上,通透的希望

友人记录,生活中的这一片段

叙述,一生之事,都与土地有关

怎样转移这样的话题,熟练于心

在自己熟悉的场域，故事更如从前

老汉抽起旱烟，坐在一旁

浓烈的味道飘浮于眼神之间

像一种信号，连接着熟悉与陌生

他默默观察，耳朵有些聋了

猜想着，讨论与记录，为着什么

总有一种离开，如这个早晨的不确定

一对老人，真心赠予，土地上长出的礼物

我们不能接受，诚然怕受到谴责

内心敬重，每一次遇见的对方

那年夏天

那年夏天，准确说是二十一年前

父亲从铜仁去看我，还有一个伯伯

我们仨在思中门口的一家餐馆

姓张的伯伯给了我五十块钱

当然还有那一餐饭钱

没过几天，我参加了高考

姓张的伯伯后来死了

他比父亲的年龄大一些

他的小女儿和妹妹是同学

我见过，那年在她们所就读的高中

他的二女儿是博士，曾用心鼓励过我

无异于这源于父辈的感情

父亲认为这是他那个阶段最好的朋友

他们相识于广州天平架

我隐约还记得他经常留在信封下方的地名

伯伯说当时是父亲收留了他

那年夏天，我就较长时间地离开了

生养我的那一小块土地

不能忘记，和一位同学站在乌江大桥上

幸好没有预约多少年以后的事

我们也悄悄溜出校门

穿过雨的鞭打，爬上椅子山

在中天塔下等着天亮

没钱的时候，还从县医院下的一块荒地

抬着一块废铁去卖

结果每人也只分了几块钱

从河滩往上，不停移动

那一个个夜晚似乎就是为我们而存在

那年夏天，母亲卖了一百斤麦子

本是青黄不接的口粮

我拿着这钱到贵阳面试

下车去找亲戚，差点被几个混混骗走

后来想起，没丢性命是祖宗积德

曾在街上绝望，下一个路口该往哪拐

我又回到县城，更是没了着落

就等着那一纸录取通知书

一大房的伯伯，与父亲同曾祖，在县城上班

记得即将上高中时他回老家

向父亲许诺，"他随便在我那里进出"

我才想起去问他借点钱，领通知书要四十块

他拒绝了，当然以后再也没有见过他

一位高二的学弟，我们同村，帮了这个忙

他借我五十，领了通知书

还剩十元，正好够回家的船费

那年夏天，还未懂事

所有的变化就开始接踵而来

原本熟悉的每一个地方都非常陌生

从学校，到家，回家的路

所有的路途都倍感漫长

府后街到三街,最熟的石阶

每一步都让人回忆,某个早晨或夜晚的声响

老房院坝里的杂草,越来越密

好像能躺下千万个我,望着繁星

每一条路都长出了岔道,偶尔还有狗在逃窜

还有熟悉的亲人,同学,朋友

看着我长大的乡亲,一个一个相继离我们而去

有的是自然,有的是意外

每次回家,村里都多上了几个土堆

那些被我们过塑的同学照片

大多还有留言,内容却在箱子里逐渐模糊

对着天空发誓的兄弟,也少有联系

青春记忆深处留下的面容

也慢慢开始成为回忆

所有的生活,似乎在开启另一种模式

如走失群体的动物,正在另一片地域适应

今正不惑,更加明白而且坚定

那年夏天我才开始成为我

那年夏天,正好是一条河流分割

我在这山看见了对山

那年夏天，我就懵懵懂懂地越过了河流

至今也不能忆起，哪一块岩石露出过水面

火车站外

都曾漏雨的皮鞋让彼此默默不语

都不好意思说出来自脚底的丝丝凉意

今天却是晴天，像当初渴求的温暖

那夜，我们乘汽车回到思南

一晃多年，怎么会忆起诸般小事

老火车的绿色依旧不曾改变

还有这站口，曾并排上下的石阶

从这里路过便心生感慨

就像有人曾经窥视我们

并当作一幅场景

曾经的欢笑依然还在欢笑

上下车的人群已然稀少

似乎都不必再去寻找对方

一切都安稳了下来

回到夏天

家似一株薄荷，清凉之味

在水边生长，而蔓延至

我空空的胃里，不只是饥饿

还有过去的痛楚与凄凉

我有意种下的另一种寄托

那年从大堡采摘一株作为种子

想想当年同属于安化一县

老屋的碑刻为证，以致如今也还能

牵强附会地说明着某种联系

相对于稚嫩的花椒，我更喜欢红枫

虽无麻辣之味,却是这片园子里

唯一能与阳光媲美的造型

沿着石坎,随时光一步一步向上

石榴树旁是李子,炊烟穿过瓦片

此时并没有,此番景象

我只是想象着李子成熟了

让自己又回到了夏天

病房之外

孩子睡着了，白天已成他的黑夜

留下我对着窗外，一栋木楼

风穿过，荒草覆盖的跑道

昔日的球场，再无英姿飒爽

曾多时有人并排而坐的看台

已跟随离去之人黯然隐退

被疾病囚禁的身体，如此刻

幸好还有思考的随意，可以移动手中的文字

随时记下,生活,一个平凡人的日志

木楼陈列着一张相片,修建它的场面
待孩子醒了再去,看看那时的风景
如他幼时,不可回忆的过往

不惑之悟

父母在，家就在

家在，心就在

心在，人就在

人在，根就在

根在，希望就在

希望在，你就在

你在，我就在

我在，故乡就在

故乡在，远方就在

远方在，白云就在

白云在，天空就在

天空在，黎明就在

黎明在，晨曦就在

晨曦在，影子就在

影子在，你就在

你在，我就在

孩子在，星空就在

星空在，松林就在

松林在，风就在

风在，方向就在

方向在，手就在

手在，感觉就在

感觉在，你就在

你在，我就在

路上的天空

1

路在山中，连接着村庄及木楼
孩子共同的纽带是一则童话

蜿蜒曲折的路，再已熟悉不过
人与人之间交流最多的言语

跟随寄存在山顶的梦想飞越
风中的呐喊，无法辨清是谁的声音

只需一种共同的音调，频率

顺着风吹的方向一同前往，远方

总是伸出一双温暖的手

拥抱着世代而居的土地

像奶奶远去的帝国

随时都能感受到她在抚摸

父母也在推脱，一只成年的鸟

必须离开，不属于自己的巢

又何必眷恋故土，早晚都得习惯

自己开辟的家园，哪怕是小小一块

对于山外的好奇，应该没有尽头

路上有车，其实都不及一双翅膀

飞翔的速度即使慢半拍

可总有一片天空属于自己

带着一双眼睛，无限幻想
顺着宽阔的大路前行

浏览星球之美，像一台摄影机
平缓地越过每一条河谷

超越一只蚂蚁，用身体或者灵魂
或者是阳光下模糊的一截身影

越过蚂蚁隐藏在祖先坟墓里的巢穴
我用光影将它覆灭，配合着一段咒语

把长辈未知的心愿也带到
城市的公墓，或闲置的空地

再给他们一次，隆重的葬礼
以满足这空地上，生灵的空虚

让那些鲜花或者鞭炮声响
告诉他们，我们始终充满敬畏

他们曾经的诺言已经兑现
通过基因传递的后代

睁开双眼吧，逝去的先人
明知这是一种安慰，我却依然要告诉

像路上的石子发出声音，在夜晚
一个人对着自己发誓

2
那不是你的心脏血脉图
而是我们刚刚经过的路

你怎么也没有预料，今日之山
在路的环绕中俨然有了生气

不要幻想了，隐藏在林间的经络
再美，也不能复苏你的生命了

只能把你与它作一个比较，或者比喻
让我不再愧疚，对你短暂的寿命

不分日夜，乡亲们用沙石铺铸
心想自己用得着，双脚总要踏上

也为着孩子，为着他们以后
沿着坚硬的石子，像这样的韧劲

不计较一小块土地长出的粮食
短暂的饥饿似乎更让人充满幻想

为着能够快捷地抵达街市
那里有着更厚的石板，光滑，圆润

还有牛羊，能听见异域的呼唤
是否有同类，走失了千年

路让它们相会，千里不再遥远
放牧也变成一曲迁徙的歌

彼此都有感觉，再次回到故乡
有一种母爱，更有一种兄弟情

不只是清明，每一天都要祭奠
为此而牺牲的同类，我们以及牛羊

在一条平行的路上奔跑
谁都不是谁的主人

没有锣敲鼓打，乡亲脸上也有笑容
如秋日高粱，偶尔悄悄低头

隐忍着内心疯狂，对一座桥的向往
可以俯视流水，掩盖的张扬

听着汽车穿过的声音，以为是风
载着饱满的谷粒，为山坡之鸟

为那些长眠于林间的大鸟
和在神话里被描绘的幻想之物

再一次，用还未腐烂的骨头剥开
黄色外壳内白色的颗粒

路外有山，危险依然随处可见
纪念碑就在眼前，随时能触摸的山头

没有任何哀乐奏响，这里不需要缅怀
一切都只是自然的循环，路也如此

3
都说遗忘是可耻的
对那些筑路人，该怎么记住

所有的仪式于他们都显得多余
不论是再生还是来世

他们只需要传承，在路两旁
栽种一些能陪伴的柳树，柏树

一张照片，或一段文字
用光影和心灵的赞美，已经不能概括

对业已退去的身影回眸一笑

偶尔还能迎合，最原始的纯朴

不是一代祖先为此谋划，付出
也就不能预计，构想的大概年代

想象，就像是一种主义的启蒙
哪有什么准确记载，或者传说

愚公移山，留下梦想
望梅止渴与画饼充饥，又给人希望

只有对比，才能找到捷径
所谓的博弈，早已存于生活

把泪水洒在岩石的瞬间
铁制的工具总是敲出想哭的声音

可那声音持续，又谱写了一曲恋歌
每一个路过的身影都默默打量

谁的力气最大，就嫁给谁咯

一阵念想，好似提升了敲打的声响

有一包炸药该多好，哪怕粉身碎骨
也要用弱小的身躯换取

她应该还在前方，继续倾听
手的舞动与岩石掉落

绝望之日，一条路更是艰难
有时穷尽一生也没有收获

转折就如这转弯之处
路就在这跟前，还得继续

她回到家里，他想也还有夜晚
路还让她在等，宽路上的宽心人

山下的一盏油灯，应该是她的暗示
他刚才遇见的那双眼睛正从那里穿过

机械声如春雷，雨也无法停止

筑路工人淋湿的衣襟不停飞舞

水泥，沙石，沥青，混合的欢歌
给他涂上一层疗伤的膏药

4
应该赞美乡村与城市这些道路
因为它们，我们不再拥挤

这不是自私，而是一种愿景得以实现
我们就像在路上被孵化的生灵

在轻轻放下疲惫心灵的途中
随一辆车，先祖的遗愿

被他们护佑到另外一个地方
开启一片新的疆域，以传祖训

他们还希望我们变为另一种物种
投生，给那些没有孩子的父母

像那些老去的树木，即将破碎的岩石
路上所有的事物，都被当成寄托

风中夹杂的种子，就像我的同伴
相约在一小块区域发芽，生长

族谱上还未成年的孩子，身影还在
我用我高高的火焰看见了人间

夕阳正将离去，那身影还在跃动
他们得抓住今天的最后一片森林

城市之夜多像复活后的星空
一闪一闪在我经过的路口

我在这里寻找我的星座
真实的命运，究竟在哪个巷道之间

路如一架折叠的放大镜
偷窥着黑夜里的城市

我轻轻地把它戴上，一幅盛世的画面
沉重地压着我，再也没有心思

夜游的生灵，梦亦不能承载
花下的水流，就是月光的眼泪

路在这里迷失了，灯红酒绿
市井上繁杂的噪音已将它包围

那些油烟更像是一种世俗
迅速将它熏得如一根油条

像一位浪迹江湖的忍者
油腔滑调，失去了本在山间的清秀

没有一种花开能够逃避
路总是要我回到你的身边

你厌倦了，我带你行走的冗杂
你把绽放献给，让我们相遇的恩人

没有一种回归不在掌握之中
树叶，羽毛，鳞甲，都已被路所聚拢

5
不是庸俗，路孕育着财富
金银在山的旋转间流动

我想象着它的样子，在一个山洞里
默默无闻，和其他的岩石一样

还记得神话、传说，故事
也是如此叙述，某山之下有财宝

年幼的我曾无知地相信，并且想象
后山的某处一定藏着金银

后来明白，这只是一个启示
必须沿着正确的路去寻找

金银如洞中流水，以及水下的漩涡
有时也是一个陷阱

不要盲目崇拜，别处的佳音
一定要打开耳朵细听，路边的提醒

超市里的价格，只是不断跳动的数字
不必恐慌，手中握着的纸币

每一次购买时的欲望，就像路的延伸
不停地选择，相似的方向

绿油油的蔬菜，似乎马上就要占领餐桌
一夜之间拼命生长

没有时间积累，身体也很柔弱
美丽的外表敷衍不了他人的等待

屠宰场里声声嚎叫，牛或羊
向着不同路上而去

分明是自己，盼着亮光
却是一种别样的力量在打开

我们为它设置的圈门
如一道镀金的枷锁

街市市场开门的嘎吱声
不远处，是学校上课的钟声

所有的牛羊与孩子一道，奔跑
脚下所有的障碍物都不能挡住

渐明之天，孩子并没有听见哭声
路上的欢乐一如清净的天空

皆缘于路，那些为路而鸣的人
有声无声，相融与此

如鹰，展翅而去
路上的天空是一片红色的云彩

不要远离，一把钥匙还在
不归是归，归亦是不归

是你在关灯

告诉孩子，分别从来就不曾结束

只能在暂停时相聚

那都是假想，你还在这个房间

我暂居的寓所，即将离开的寓所

你妈妈说你想来，是你的秘密

谁让你是孩子

总有一些远方记忆模糊，似梦中

有着某种独特记忆的图画

还记得那个夜晚

你忘记关灯了

你又起床，而不是轻声地

而是像白天与弟弟奔跑的脚步

在狭小空间的剧烈释放

对你爷爷来说属于幸福的声音

巧合的是，第二天弟弟病了

他悄悄问我，"说你又不信"

昨夜房间里有小孩跑动的声音

他把这里当成了故乡

我才给他说，是你在关灯

年辞

这是一条河流一如既往
我的经过像是一只松鼠回家
邻居已不知去向

这是一场宿命均已注定
我们没有资格去毁灭任何物种
所有的争斗都是自掘坟墓

从此时醒来随江水东流
隐藏脚步收敛内心的怒吼

在草丛中寻找同类摆放的尸骨

来年的野花绽放出手中的纹路
命运在偶遇的土地里继续蔓延
异域的歌声替我挡住了夏天

江中骏马

把眼置于江心，透视一段历史

春申君或许还能重生

托付一条鱼，或者是一簇水草

时间的船上，又能挥洒多长的竹竿

意念之中而又无法测量的属地

已随江水东流而又返回

野草，河滩，不断进化的鸟类

似乎也不能重返祖辈的墓地

如河岸的灯火，掩护下的月影

小孩怎能分清波涛下的夜景

春天依然从这里开始

樱花，并不弱于那位君子

成为别人的背景也是一种奢望

短暂的花期恍如一段虚无

路过，也是自然安排的际遇

无意赏花，如君子之下的门客

一夜春风沉沦在江水里

比梦还醒得快，匆忙的脚步声

似一匹骏马从身后而过

一件毛衣

女烈士那件毛衣

陈列在纪念馆，与发现时

她丈夫确认的姿态一样

留存的弹孔似乎还能传递出枪声

肥沃的泥土无法把它肢解

只是这烈士的躯体

早已融化在破损的深爱里

当初的相互推辞

或许就注定着别离

行走在烈士的魂灵之上

如在天空,云层之外

自由而平坦地凝视星空

你们的眼神像风

托举,推动未满的羽翼

毛衣在飞,被假设的力量

一群孩子抱着一簇鲜花

放在烈士照片之下

以为是梦惊醒了我

时空的错觉总是浮现

你们用手挥别谢意

鲜花发出的清香

如孩子离开时的无声

悬挂在树上的寄语

在纪念碑下不灭的火种里

长出一双灵巧的双手

也织出一件毛衣

为这满园的春天披上

英雄的声音

有的为鲁迅而来，有的为公园而来

当然也有的为鲁迅公园而来

比如我，在公园里感受你的气息

从铜像之口里发出的呐喊

坚硬，又带着晚春的体温

绿叶踩上石板的声响似乎都能听见

为着鲁迅而来的人

在纪念馆，追寻着图片上的介绍

再次回到百余年前的场景

远去的时空回到眼前

幻想就如一把万能钥匙

伸手就可打开布满尘土的门

或者在鲁迅墓前，怀念墓碑下

正在融入泥土的遗骨

郁郁葱葱的青草代表着另一种生长

为着公园而来的人

在这里歌唱，围绕着某一个主角

给其掌声，寂静下的探望

陪伴的手风琴，萨克斯

吹响的是春天最后的欲望

低沉，雄浑，像是人生的落幕

为着鲁迅公园而来的

包括我，始终相信自己

听见了英雄醒来的声音

第三辑

友谊的纯粹

群山之巅

——赠梦亦非

把家安置在群山之中，如一只候鸟
测量着，山与山之间的距离

可能还把一颗红豆，从那山移到这山
或者把一片珙桐叶子，从此山衔到彼山

尽量控制言语，而专心思考飞翔
每一次出发，都得有目的

始终向上，不断提升自己的高度

把文字及其冷暖寄托于清明的绿叶之尖

用群山洗涤自己,偶尔奔波于尘世的肉身
对土地是一种真诚,赐予你灵感

也只有在群山之巅,才能读懂
你在山中孕育的文字,一方山水便是灵犀

无法描述你曾飞过的轨迹
源自空气稀薄,或是雷鸣闪电的苦难

只是羡慕你停留时的自然、惬意
就像此刻,默默相对而视眼神中的沉静

风鼓励着你的孤独,助你一臂之力
助推着翅膀,随时都可以从山顶起飞

俯视,鸟巢每一天都留下的残缺
群山之巅,落叶萧萧而下

友谊的纯粹

——致义望

夜,静得一无所有
就像我们门口之间,此时的状态

明日是什么? 早起还是晚起
何其所贵,生命难得自然醒

相逢,注定不能回忆
否则就没有斩断,友谊的纯粹

让纯粹再纯粹一些

似这黑字下的白纸,灯灭后的结果

就算能预计日光升起的时点
那一抹斜线却不能掀开夜的重复

久违的话语重复着
承载无数嘱托

夜静都得一无所有
恰如此刻,亦无言可叙

时间如果有刻度

——致王庆

时间如果有刻度，先以四个月计算

我们没有握手，彼此寒暄

远望亭闲看，掠燕湖似海

九州之地，接续着书写

厚重的故事，比土地还要深沉

每次放下，均不能停步

距离在纸间，轻轻翻动

从另一面仰望，你无声的言语

悄悄咽下，这相望的果实

山河让我们相遇，只惜春色已去
布谷鸟鸣叫，从初夏袭来
地理，自然，物候，小小庭院

时间如果有刻度，不只一生
不求功名随鸿雁
只为苍生赴平生

此刻的雨滴

——致李翔

临别之夜，窗外雨滴

不停敲打大地的时钟

追赶着，鸢尾草的生长

这是无法预测的声音

世事无常，应就如此

一切天气都是最好的安排

下雨天，留客天，天留人不留

一句俗语，道出无数真理

不必等待，时间的十字路口没有彷徨

意欲表达，而又无法准确表达
有点类似于绣花，设计的图案
在一幅美丽的底色之上，锦上前程

轻盈而过，人生亦如己之步伐
回望，用手捋过低垂的枝叶
露珠相落，与此刻的雨滴而伴

风的力量

——致军星

从这里走出就会离开

你向北,我向南

壬寅之夏,记住了方向

独来独往,去体育馆的路上

原始森林早已被覆盖

人为迹象,淹没了眼神的忧郁

不再顾虑,途中的意外

放养的动物已无攻击的本能

你空有了一身汉子的手臂

爽爽的秋风，你曾回味
源自贵州六盘水，凉都的空气
还能感受到那般，风，风骨

从南到北，从你的回忆向你的回望
欲罢不能，于间断的时间
没有方向的猜测

夏天的传奇

——致林蔚

爽朗的笑语，令林中小鸟也侧望

埋头记录，正式与非正式的言语

二号楼一会议室，窗外并不知道的秘密

热心像你手中的球拍

随时握住又随时发挥

从闲谈之余开始，运动的奥秘

职业曾是我们的界线

今天却有一条丝线牵引着我们

广场的石碑,镌刻着"实事求是"

在老校长面前,你模仿

雕刻家创作的姿势

骨子里的精益求精

乐于分享,零散的故事

还有我的本职,关于农业文明的象征

每一种谷物的生长,夏天的传奇

江湖水深

——致刘毅

似水，一样慢热

共度光阴，从三月到六月

在一座校园，从南山到北山

"喝水的时候想起你"，我记住了

每一口水都是注定的缘分

从昨日开始，你就傲立雪山

君子之交淡如水，最纯

无色孕育于无语之间

此刻,将来,时时无需水声

祝愿,把希望托给草坪里的鸽子
系上一封无字之书,呈送给你
被隐藏的时间之痕,树的年轮

"相忘于江湖",江湖水深
真真假假皆如此,不需要比喻
水之味,人之味,顺水推舟,否否否

青色的爱

——致青杨

青春飞扬，略带几根花白的头发

稳重、严谨，自带成都平原上的风景

言语，从歌声里遗漏出特质

讲述的故事，爱琴海上漂浮的垃圾

那些遇难的孩子，难民

个人的爱，超越肤色与理想

立足于，图书馆一张小小桌子

探寻，正在窗外排放的真理

源自自然的名字，二氧化碳

把它们化为一串长长的数据
像那心中姑娘，飘逸的丝丝长发
每一根，都代表着特有的意义

你的背包，装着什么
投往你的树影，银杏树下
青色的银杏果，一动不动，像某种等待

那一种浪花

——致源新

沉着与冷静,是你

自信而从容的身影所依托的胸怀

诗,是没有形式的情感

我们之间的交流亦如此

不必寻求一种固定的模式牵系着彼此

曾于魔都眺望,人影之间楼宇

上下而行的现代节奏

匆忙转身,陌生有谁

石库门到天安门的信念

把我们紧紧联在一起

同志之间,那一种浪花,终流到海

幸福的空气

——致王佳

幸福的空气是否存在,转身

你都用大有的微笑告诉

如礼堂上空的蓝天、白云、清风

豁达,如男儿之性情,是修养

相由心生,心是一肚诗文

你把每个文字雕刻成生命的记录

继续,还原一场讨论

是一场无法论证的逻辑

我们的畅想,唯有依靠回忆

幸福的空气,究竟在哪里
你比生活的智者还要洒脱
言语后沉默,指向何处

有所克制,对还未结束的讨论
在现实中求问,总有一种答案
是我们不愿接受的现实

想山

——致松林

这是一片杉林，不是松林

我们的朋友就在面前

那隐藏于云雾后的风景

在他的描述中格外清晰

想象着他指向的前方

有一天，或者是早晨、夜晚

言语在天空，重复着此时的谈话

谈论诗歌，像那些凝固的雨露

还有未被摘下的野果

彼此约定着时间，就像这不确定的

我们并排遮挡着的秋风

短暂的停留都会离去

不经意错过，被折断的树枝

山中鸣叫提前了多年后的回音

桥上风

——致文风

桥下流水像我们前世的错过

踩着文运的石板，听见了

书写生命的字词间

源自，你故土之溪水的跃动

我们的交流，一直在指尖

像拾起河中一块石头的沉重

沿着溪水向上，多年前

秋天，有一点晚，彼此相遇

在红叶即将降落之时

没有飘飞,瞬间的想象
亦如晚归的鱼儿回落河底
流动的水声引领着
穿梭于水草之隙的时间

在桥头别离,感伤的词语
与那些树叶一同抖动
我们始终无法握住
在自然之间而又属于人的情感

透明的火花

——致兴华

与他举杯，饮酒，为这道别的主题

在中年畅想未来，被麻醉的此刻

就像多年前的青春，始终没有一个轮廓

源自骨子的倾诉沉浸在酒香里

又如谷物在发酵

把生命故事酿造出一场小戏

让那些精彩对白飘落在

空无的酒杯

顺便点上一支香烟

用手指在烟圈间弹奏出一首插曲

为再一次碰杯营造意境

像是铺垫，也是理由

关于一生的誓词，被一次次佐证

不是口出狂言也不是信口开河

而是酒杯碰撞的言辞

玻璃之间，透明的火花

大兴镇

——致涂波

二十年前，与涂波在这里的一家餐馆举杯

庆祝夕阳下的美景，即将开往城区的公交车

即将回到，喜爱而又倍感失望的城市

青春的热血亦如路边枯黄的茅草

当时的对话已经无从回忆

所有的记录都被时间淡忘

此刻，他应正陪着孩子，在另外的城市

已经失去的日子，可有可无

为何要去怀念一些模糊的岁月

可能是有意让一生都在梦中

使一半真实，一半虚无

每次喜怒哀乐都是一块不被熔化的岩石

小镇然也萧条，当年的餐馆已不复存在

每一次路过我都忆起那个下午

真挚的友谊只属于此，被遗弃的门头

费尽心思去找，没有一个人影似曾相识

同样的季节再也感觉不到

与这个小镇相生的气息，关于冬天

我们围炉而坐，别样的温暖

青春分开了彼此，彼此也掩埋了青春

第四辑

缓慢的时间比飓风狂暴

留影

——在巴金旧居

女孩在门前留影,像一本书的封面
不停变幻姿势,随着风中树叶

她发现了这个角度,券门之下
很熟悉的场景,与笑颜一样

不需要镜子,就能梳理出长发的角度
自己的背影随时都可转身

她不一定是在模拟主人,而只是另一处风景

像那些攀爬的绿藤,怎能读懂屋内的文字

钢笔行走于纸间的声音已经过去
而相似的力量,还在推动着她的前进

希望她快一点完毕,我的镜头需要寂静
一张没有任何人打扰的照片

那已经入睡的先生也应是这样思索
把这小小院落的安宁,一直保持

尽管我不能带走,属于这里的原物
碎叶,阳光,花的色彩,雕塑

但我急需一张照片,人走之后
如雨过天晴,彩虹下的尽头

是一种孤独后的相遇,当有生之年
再次迈进这里,却如前世

流逝

——在上海梓园

疲惫的房门半开半掩,倾斜的影子
像我是否要进入的犹豫不决

我的脚步在小巷里,没有回音
原住民已经搬离,未来何去何从

你从不忧虑,这自如的时钟
宜园以后,传递给乔氏

赢得了一条街的命名何尝不可

只是一些后人不去追溯

后又归郁氏并易名借园
因一本丛刊而得宜稼堂号

如天生丽质尽遇名流，窗外
我还假想着晾晒的旗袍

几经易主，梓园二字还在
梓树一生却如谈笑风生已过

仰望空楼如空园，一步一步
像孩童一样咀嚼着衣角

口含着酸涩的汗水，似一种痛
努力记住前人描述的模样

镶贴于门柱上的装饰
已经习惯了这里的风雨

一生
——在宋庆龄故居

如果每天的阳光都是如此
你应该还会回来,像树叶的影子

你的凝望,是还未落下的沉重
也是一杯清茶,自有的芳香

学着你轻盈地迈开,让每一步的距离
都如我们的生活,孩子

时钟的嘀嗒,比枝叶掉落还要着急

不愿生命的前行被悄然听见

前夜从阳台掠过，犹豫不决的步数
一次次被你求证，像入梦的音乐

留住这一刻，怀念，感悟，停顿
光影继续，逼迫着心跳

想象已被搬离的桌凳，以及原本的方位
一席对话随同院子进入历史

举杯的上午、下午或晚上
都是自己设置的闹钟

不舍就如这绿草，喂养的鸽子还在繁衍
它们并不知道自己的象征，北上，南下

房间如旧，留着不同的瞬间
让参观，并想象，瞬间之外的事

门内

——在金坛县某古建筑外

紧闭,你此时的姿态何时开始
怎样又才能将你推开

秋天还有一个落叶的理由
而我只是路过,比黄叶还要短暂

修葺一新的外墙,像带回了主人
迎客的脚步我没有听见,风声其实很小

阳光洒下,也还有沉重的心事

手掌并不能抓住，原以为的温暖

石头延续着昨夜的未完之梦
不规则的纹路，也是一种有意的设计

不能看见的还有彼此的交流
前行的脚步只是一种借口的伴装

湿地上没有飞鸟，我却想起了羽毛
想起了白色留给头顶的影子

需要别人打乱，季节与我的交汇
假装倚靠在门前痛哭，丢失的钥匙

门当石上的狮子肯定不能复活
就像那些一生的厮守总不在户对的院墙

寂静，这里剩下的最后一朵鲜花
盛开在破裂的石板之间

境界

——在王国维故居

如此幽静,四周树木母亲般怀抱着你

你凝聚成一桩石像

流淌于石板间的气血,三重境界

借助从钱塘江而来的风

一层一层把它拾起

超出于屋顶的枝叶没有翻开

搁置于房间的书本

庭院的百年时光静谧

如你年少时听潮的克制

你把储存于胸间的文字输出

那一支娴熟的笔已腐烂

可这境象确如墨汁渗进宣纸

我不得不离开，你也无意留我

低头不一定是沉思，远方的巨著还在发光

像这无色的天空

云彩

——在徐志摩故居

人已稀少，下午的游客都已离开

墙院里石榴红红，像这个秋天

触手可及的想象，一个人在这里凝望

没有一只猫或狗的陪伴

闲坐在你坐过的草地，凳子

闭目之间，没有察觉到时间变化

仿佛你还在房间，朗诵着自己的诗句

天公似也作美，适合词语传递

穿过不同房门，一个家庭的历史
就在一扇扇门间打开

略显发霉的声音，一声声不情愿的叹息
发白的照片掩藏不住你浪漫的眼神

有着一种智慧的预感
用一片西边的云彩赢得前生

冥冥中注定，会在云彩中结束自己
有人问，最后一刻你最愧疚的，是什么

失望

——在徐光启故居

一块石碑，写着保护名目

这是一栋旧屋，似乎并没有感知

九间屋，还剩下七间

是否还会减少，一道没有答案的题目

精通数学天文历法，也无法推演

历史的变数就如历史难测

贩卖，典当，如何才能与现在扯上关系

十四扇门关着，生活的印迹还在

今日的房主并不关心，盛极一时的古董
目前已是自己的锅碗瓢盆

生活的继续得自我安慰
没有心思迎接，慕名的访客

过往的英名，记载于史书的情节
只是寄宿于篱下的自卑

什么都没有遇见，一条街空空荡荡
不远处的小贩，应该习惯了如我一般地探望

从他的坟墓匆忙离开
我的失望与谁相干，夕阳即将落下

几百年前的孩子忽然苏醒
由死而生，占据我空出的位置

拍照

——在海盐余华旧居

抓紧时间合影，与友人、房屋、草木

短短时光，又怎能找完一个人的童年

现在的主人介绍就如关闭的窗户

所有影子都已经被尘埃覆盖

没有任何一点声响，除了我们的感叹

就是一些枝叶在按照自己的规律生长

杂乱，生活的气息还在延续

红色塑料盆,似乎还要洗涤出一双别样之手

这个院落,使命就不曾停止
不只是养育,而是创造墙外的一片原野

在一个人的思想之中,撑起一个时代
随时都可以挪动,搁置在窗口以内

现在看见或者想象的区域
被挤压的文字,凝聚而成的景致

拍照,也只是证明某一天曾经来过
就像有人曾经生活居住过一样

灵气,都愿意去感受的一种氛围
另一种欲望,得到了也不过如此

包括保护的标牌,一切都终将离去
门童,过客,主人,自身砖块及连接的方式

遗忘

——在茅盾故居

去过的地方有时也会遗忘，尽管这是后来之事
像做过的梦一样，夭折于睁眼之时

浏览的时间就像在梦里奔跑
床前的钟表追赶着，想记住而又忘记

所以很多时候觉得忙碌没有意义
走马观花的跟随还不如昏昏欲睡

只能记住墙外的青砖没有任何粉饰

与原本就已存在的时间一样

所有的印象都还停留在以前
仿佛我们都不曾相信事实

被不断装饰，一栋房子的内部结构与功能
与想象擦肩而过，梦里梦外皆是如此

还是喜欢书院，匾额与对联的深意
立志，书声一旦穿过墙外就会远行

不是一个，而是一群孩子争抢落叶
飞鸟赠予的衣裙，是天空唯一的礼物

石门在黄昏被嫌弃，怀念孩子的跨越
回家的影子越来越长

只要有人写下，就会成为永恒的文字
沿着先生的指引，在某个角落停止

隐蔽

——在上海吴昌硕纪念馆

刻意躲藏于绿地，像君子的谦逊

总是窥探，从逐渐掉落的树叶之间

从春到冬，一直都在这里闲走

用一年去猜想，目不所及的秘密

为什么不能进入，寻找的门口

一个个胆小的理由把我逼退

照下关于你的石碑，陈桂春老宅

怎么也查找不到你们之间的关联

颍川小筑,工匠赋予外属县令清高之行
绞圈房子,民间以庭院天井备弄称之

或许是需要你实行善义的符号
而让人理解你们的彼此相融

书画之中静默,善义之举无声
成长之中的土地与星空都是心物

握在手中就如眼中所见的杂草
放飞心外则是卸下包袱的杂念

一定要进入一次,陈列着一代宗师的
随着建筑而流淌的笔墨气息

打开,原本来去自如的大门
隐蔽于脚下的借口,没有声响

镜中之我

——都江堰记

1

岷江，承载川西的一部史书

流水滔滔不绝如大地在诵读

被云雾吞噬的读书声随风而去

每一个人都在追溯，曾在这里劳役的魂灵

漆黑之夜闲坐于此

头顶星空闪闪

满山谷黍金黄，如一场梦在远方

行走于史书的字里行间

不及一个词语，一个句子

拨弄不响，虚掩在文字里发霉的时空

书中的生僻字，如江里狂野的漩涡

坚硬的岩石不知它如何旋转

浮动的符号，阻挡着我的理解与领悟

如一匹马跨越，顺着山水而为，放弃自己

在江山与文字之间划开一条伤痕

让自身喜悦，并不急于表达

看山，看水，看天，看地

一面倒映在大地的天空之墙

2

是黑夜关闭了白昼

还是白昼开启了黑夜

脚下的土地，到底从何而来

是否有开始、结束，问天天亦老

岷江从山的高处奔腾而来

弓杠岭，郎驾岭，虽然未曾抵达

却如一个民族的祖先，一幕幕不断浮现

氏羌先民顺着江水而迁，随着季节而徙

唱着天空的歌，跳着大地的舞

风吹过山口，心中的牛羊依然跟随

一位英雄就这样诞生了

堰渠原本并非此地

一位郡守日夜驻留在山口

翻阅着史书，听着大地的讲解

江是无法选择的，人却可以选择

他饱含着一江春水的情怀

顺着风离开的方向思索

人类只有不断选择，如水自身一样

才能抵达命中的江河

最后决定上移于此

那一刻，抛一颗石子，足够远

所有的星空都是脚下的石子

3

未熄灭的烟火，岩石爆裂的声音

宝瓶口，人在欢笑，石在哭泣

逝去的人影相互拥抱

从史书的记载里复原一个场景

离堆被江水分离

像一条鳍鱼游离江河

试着向陆岸爬行，悖逆传统

飞沙堰，竹笼装卵石

试验失败后的无奈如一盏灯塔

这里不是大海，却有大海一样的胸怀

装着一群人，为着明灯而行

深淘滩，低作堰

枯水不淹足，洪水不过肩

千军万马在此回旋

战败的痛楚在山间呐喊

雨后的天空是一曲胜利的欢歌

隐藏的鸟神向天求拜

不断修正史书里的记录

河流悲伤，像一棵漆树

在漆工的刀下不断流泪又痊愈

逝去的役工，都在用自己的人头占卜

与一条江的命运和未来

4

得蜀则得楚，楚王则天下并矣

一句话有时对于一个英雄

亦如近在咫尺的美人

在李冰石像前，相信他是这样的英雄

只是司马错的这句话，于他不是美人

而是君主的命令，民众的渴求

若有所思，双手紧握

似乎所有的恶魔都已被他降服

不只岷江，还有汶井江、白木江、洛水、绵水

不只都江堰，还有索桥、盐井、五尺道

二王庙、陵园，史书里再长的文字

都不足以衡量在民众心中的分量

在章山后岩，明明他的尸骨已经腐烂

却希望他能穿过我的目光，从玻璃里走出来

看着慕名而来的游客，惊喜，诧异

陪伴他的无头堰工石像

不要猜测是有意为之还是时间把其砍杀

李冰眼里也含着一滴泪水

似落非落

5

走在古道上谈论未来，马蹄声声

把梦想驮向松潘与茂县，一路艰辛

为着吹奏羌笛的仙女，一阵风在碉楼上停留

快一点，石板就飞速后退

破碎的声音如历史焦虑

成群结队的骡马退隐，像一群人

离开故土，江水悲伤咆哮

一个影子也没有留下

只有想象树叶下的阴凉

一次次在绝望中奔向目标

时光前行，我亦如一匹骡马

理想如货物在肩上

前辈们踩踏的石板，是一种母亲的温暖

阳光滋润着肌肤

没有什么比迷茫更合适

成为我的主人

不再迷信前方的碉楼

没有需要的美景

再一次折返，重复着熟悉之路

自己才是自己的主人

不需要解放，不需要安慰

闭上眼睛，忘记熟悉的风景

尘世与烦恼恰如古道本身

悠闲地在林间穿梭，像被时间遗忘的兄弟

6

闲坐于南桥，静听着风的超度

普济众生的行廊，承载着亿万斤的重

交错于此的思想，每一次思考

都带来不小的震动，谁也无法察觉

闲暇人的停顿，是桥存在的多余

我，在这里等待时间

靠着一棵大树，感觉树还在生长

树下的阴凉，与内江的风一道

冰冷着我的趾骨，还发出膨胀的响声

漩涡，岩石为大海折叠的一艘小船

翻滚后又起来，似乎能抗拒所有的岛礁

如一朵莲花，盛开在江心

你说在，它就开了

你说不在，它又谢了

移动自己的身体，迫于无奈

适应那不断前行的小船

若即若离的莲花，一只手在欢呼

奔腾的快乐，只有江底的石头所知

一座桥，一群人

在无数个时辰延续

人在梦中，都以为桥在流动

用笔书写自己的瞬间

也顺便带走了，别人闲坐的时光

7

安渡狂澜，美好的向往是一座桥

一群陌生人在这里接力

肆虐的洪水也并不是故意

让努力不断被摧毁

一同复活的还有，两岸的草木

走在桥上摇摇晃晃，像一只受惊的鸟

围绕古人留下的灯塔，旋转

祭奠，在此归魂的羽毛

风如一位道士，诵读着经书

何公何母，是否听见了域外的声音

虽不是专程为你，但是每一天都在延续

山中竹子怎料倒下后却如此荣光

李冰能笮，华阳国志怀抱着你

像祖先，在被遗忘的坟墓里

《水经注》也言涪江有笮桥

书本里的变迁像一片树叶

很快就黄了，一轮春秋一场水

我醒了，路过安澜桥的梦

桥下奔腾的水

一张流进黑夜深处的床

在沙石间越来越稳

8

庙因人而兴，人因庙而远

一种精神在林中生长

香火，燃烧而又沉睡

千万人的寄托，如开门声在林中关上

路过庙的瞬间，时光总在催促

我们下山，拥挤的人影像掉落的树叶

被风卷起，一阵阵

随同被打磨的鹅卵石

任由路人踩踏，不再阻扰

那些匆匆而来随即又去的脚步

忘记先民的本意吧，帝已不在，祠依旧

山在庙在，主人变，客人也变

庙门下的墨迹，亦如一双眼睛

俯视着香客前来，山水远去

镌刻在古墙之上的警句

已被吟诵成经，随时即可复活

亦如一道圣旨待命

走出庙门，流水能通达的田野

繁杂的声音淹没了神的劝告

9

向远山望去，问道青城

用眼所及，不能奔跑的路途

宁封子的行走之路，已随林木之老而淡忘

一个人的影子，问太阳问月亮

没有回答，寂静的山野

蜜蜂的微弱之音，不见花的盛开

黯淡的星光从天空流下

夜晚独饮了这杯酒

一个人的读书台

用手挥开薄雾笼罩的封面

把一棵棵树削尖作笔

赠给别人，也留给自己

每一遍书写，都是清新的山峰

一个人的画，在山中自然生成

九皇图，五星图，老人星图

一个人的画，从九歌而来

国殇，山鬼，天马，奔马

从远山回来，问道自己

别人的生活都是生活

10

似乎非要从文化遗迹中寻找关于未来的蛛丝马迹

才能显现出在历史前的从容自信

虚以为在历史的镜子面前

可以剔除隐藏的虚伪

古人种植在大地上的智慧早已包容了我们

不需重复去为生存而损害自然

只要有良知地传承本性

像一棵古树，在一地守望，守护

用不同的音乐与旋律，击打着

子孙，游客，或者是轻风的心灵

面对历史之境，放下所有世俗杂念

回到童年，对着天空

用无瑕的纯真，在水下寻找

影子，被淹没的魂灵

半生集中在这里

曾经存在而又不复存在

没有风吹的夜晚

——时属思南府安化县张开榜墓记

序

已经忘记，从哪年哪月哪日开始

也不知什么力量支撑着

我给一所老坟烧香烧纸，清明时还挂青一束

一种习惯，也是一种自觉

这一年，不知是谁

多一束青纸在这个坟头

让我无限猜测，我与他

将会在谁的祭祀里不期而遇

1

生，死，同年同月，亦有同日同时

往后推一百年，或几个世纪

结果都一致，殊途同归，此乃终结

其母十月怀胎之时，理应猜测

男女无别，实则也在暗想

传承自己的血脉，被人以不同称谓

称谓有时如刀，会割掉愉悦

有时也如良言，解开心中纠结

是命运决定称谓，是称谓决定命运

他哪里知道，顺应自然的法则

却成了别人一生的称号

追随着日月，在黑暗的角落

在每一次交替之间，听它们的声音

春天只有一次，或是没有

如自己生长，身外的雷电之声

或远或近，山头之上，古树断裂

这一刻的恐惧，微微一颤

树穴里的蚂蚁已不关心来生

是新生，送别，还是绝望

用一对触角回答，身后的时间

2

你出生那一刻，父母笑了

是一个男丁，传宗接代的家伙

千里乌江及支流，家家户户都这样

一个家庭，需要一个男孩来捍卫

自己的尊严，家族的尊严

一个男孩，也需要这样的制度

来证明自己，额外的价值

从这一刻，父母就拥有了无限幻想

他的未来，他的婚姻，他的孩子

他对自己价值的坚守以及孝敬的程度

父母无法逃脱，这世俗的理念

这不是枷锁，而是冥冥之中的力量

支撑着父母为了生存而放弃所有

这就是信念

追随着同伴，各自从先祖之处的所习

把不同的理念又共同汇聚于当下

辨别，甄别，留下简单而有用的部分

就像在森林里，谁能狩到猎物

谁就是氏族的首领，谁就能代表

这一个族群，谈判，占有

3

襁褓之中，父母适应了相似的哭声

包裹不住的，岂止是哭声的无奈

纺织过襁褓的手，托付着

自己以及他人的未来

绣花针尖，抵出的手茧

更需要一个孩子去温暖

明知不会融化，却已能够传递

一针一线之间穿过的日子

绣花图案，采用，模仿

以自己思维，对生活进行假设

四方睡裙，四四方方

你只能斜躺，在某个角落

不论哪个方位，一开始就得去适应

房屋与山脉，人生与无常

不能固定，所谓的度数

只能是无关的假设

不需要别人，除了父母

其他都是一种虚伪的存在

每一次离开，床前到明月之光

都暗藏着离弦之箭，在步伐之间

4

今天的父母依然如此

我的父母对我，我对我的孩子

其中肯定是有你的因子

我考察过我们之间的联系

你与爷爷的爷爷的爷爷的父亲同辈

虽然不知与我直系并与你同辈的人名

但在这名叫南香寨的地域，我们的故土

你们一定有所交接，在某一个时空

这也是我为什么每次要为你扫墓的缘由

你的那些子孙或许不记得你

或许，他们早已飞黄腾达

而远去了他乡，也或许是记忆的断代

早已不知你们之间的关联

或许，他们还生活在附近的某个村庄

如果他们知道有此渊源

理应感到骄傲，为着这一座古墓

为着祖上能够留下的这些遗产

如此清晰的名字，与脉络

只是他们大多忘记，八九代人的亲缘

"一代亲，二代表，三代四代认不到"

5

皇清待赠，后人书写你碑文的衔头

是自我安慰还是对功名渴求

流行于世的俗称，不能算是过错

流芳千古，何房不想如此

子女又何必，见贤思齐则可

幸好也有此石碑，让人把你记住

石碑之下，一块拜石，被多次抛弃

父亲始终让其靠近，你的名字

坟头由多少石头镶成，我曾想细数

觉无意义，便一次一次放弃

红色的条石来源于何地

书写碑文的先生生于何时

没有记录，也无须记录

客在主人面前，当摆正位置

关于他们，会在另外的册页之上

落下笔墨瞬间，主人定会臆想

向山不变，纵有多少手脚也不能改变

方位与山水，下葬时的参照

一个家族，距离与名字的平衡

秋天，永远掉落红色枫叶

6

光宗耀祖，始终是宗族社会最重要的表达

为着自己的家族，能够在主流社会

拥有一席之地，也源于此

碑文也才有了一些如此的表述

金榜题名，谁不想拥有

"书中自有黄金屋，书中自有颜如玉"

社会也因为有着这样的体认

乡贤才有了深深的土壤

和谐共生的帝国之图才得以绘制

一介草民，也为着自己的祖国

献上一段不足以记录和流传的故事

小小家庭拥有生员，虽然只是县学

但却是这个时代的追求

以及生活水准与教养的缩影

把一段生活，简单地镌刻在石碑上

能够留下的永恒，是很少很少的一部分

直到今天，这样的残留还在

入学中举是需要举行一个仪式的

尽管已被泛化滥化，但于乡村

它对一个孩子的原动力依然不可小觑

7

道光八年，你出生的年份

月、日，没有。 是后人不知

还是当时之习俗，不需记

狭窄的空间，本已占用了工匠时间

长短虽不同，至少是以月计算

他还需要下一场，活路，养家糊口

这只是我给他设置的理由之一

碑文显记

知道大概即可

今日回望中有一份情怀

隐藏于体内的血脉与气息

道光八年，字里行间流出的沧桑

与这石碑一样，被日晒雨淋

也没有改变它自身的模样

穿梭其间的裂纹，就像亲情之间

被时光忘记，又还在存续的情缘

以为时间在这一段，就像他们在那时

一天，一月，一年，是可以记录的准确时点

实际却是一生，一世，一辈，一无所有

人，哪是时间的宠儿，只是弃儿

没有什么可以变现，在预见与否之间

8

你生的那个朝代，名为大清

只能从史书中去探寻

属于那个时空的些许事件

偏于一隅，没有一件与你关联

许多人亦是，默默无闻中随缘

战火，不论你是否所知

却都殃及着你，像一阵风

从东南、中南、东北，向此迈进

枪声，你应该有所耳闻

在山川河流间，如云雾穿行

每一次听属于这个夜晚的鸣叫

似乎都要远行，去另一处家园独守

而，日出与日落，从未变更

似又得把自己的身影追回

一束光穿过木屋，便有了床

似醒未醒之间，梦像恶魔一样缠绕

来自边境，异族，能踏遍这片土地的

马蹄声声，任其在一张虚构的地图上蔓延

个人的历史，尽管是一个空白

却也有一些暗纹，隐藏着自己的时光

9

时光流变，并没有影响到你的存在

你的存在本身就是这块土地的一部分

除了自然因素之外，我们不会为你添加

也不会为你减少什么，只是默默守望

拥有传说的一抔黄土，杂草

衍变从未停止

一条路为你绕道，一群人有闲心

为你重置，属于那个时代的生活

关键是，从祖先那里习来文化

又用这种文化去拷问

你作为一个个体，完整地保留到如今

这其中的种种故事与缘由

操祖坟，这样的案例在当时

不多也不少，骂人的话，"操你家祖坟"

这块土地上的孩子还在运用

"欺阳不欺阴"，尽管有这样的诅咒

但还是有人不信邪，"偏向虎山行"

就在我们的家族中，也有这样的例子

曾祖父三兄弟，其中一人就操了很多祖坟

取石板建房，到我辈亦无男丁

果报不爽

10

轿子坟，美名留下了多久

从何时开始，又将在何时结束

躺在一个平台，安然入眠

前方的石板，我曾在这里戏耍

在这里上上下下，感受着远古时光

时光里漆树，总是在夏季散发出瘴气

像一股热流，穿过我稚嫩的皮肤

丛林中，一群抬轿的人

你是否能感知，已经远去的力量

只有他们把时光滞留到现在

后背的山脊一直向上，为你遮蔽

林木，让你感受到阴森

偶尔偷窥，坟茔在林中的姿态

晨光，晚霞，禅雾，线雨之中

魂灵总在以不同的方式准备，离开

故土，随后辈远去他乡

所谓轿子，水从东绕北而向西

风从四方来又从四方去

随时都可听，没有名字的河流声响

穿过风中的顾虑，时隐时现

11

除你之外，排列于石碑之上

还有二十余个名字，与碑外杂草

长势一致，只是他们已无生命之绿

以及，随风而动的欲望，力量

那些名字依附于你，就像儿时

仰望，你，手指向的天空

随着自身的笔画

一代一代，对祖先追思

他们知道，总有一天不会来到

权当让自己的名字更长久

久久地，历经风雨，岁月

无论台地，或是坟墓怎么变化

他们都与你相拥，就算被人破坏

也有连接而成的标识

碑文有所明示，无孝子

为孝婿所立，生员罗廷芳

"巾帼不让须眉"，于此也是例证

谁说山间没有传统的遗承

谁言山间再无翻书的声音

自己把名字补上，在绿草之尖

12

二十年前，至少还有五座坟墓

横竖不过十米，如今只剩下你独守

向上追溯，理论上应该还有

五座，十座，或更多，坟上重坟

荒草野土间，什么都可能

身后小沟，曾冲刷出另一座的白骨

作为药方之一，二麻子捡去喂猪

我一点也不害怕，还去观望

这应是自己的祖先，却没有为他坚守

无名坟墓的悲哀，这就是其一

如果有一石碑，且还有名有姓

谁还敢来捡拾，打着烙印的尸骨

一窝白蚁，龙建毛在这里挖掘

功能却是道听途说，喂牛喂马

如不知真相，还以为是盗墓行为

坟墓，渐次消失，在岁月重叠之下

像朋友，与墓主人的离去

相见或不见，不知不觉便野花盛开

隐约担忧，有一天你也会不辞而别

我守着空空的平地，捡拾，挖掘

13

紧挨着你的十字路口，有人祭祀

瓷碗里有米饭、水、香三炷

你是否听见，夜最接近你的声音

爷爷、父亲都曾在中元之时

在这里，为祖先上贡一家人的心愿

我是无法继承这最简单的手艺了

离得太远，与乡村，故土的你

只是喜欢在梦中，悄悄向你表达

用一月，或几日写出的文字

当然在清明过年之时，归家的我

也会在你的祭台，焚香烧纸

挂上一束青纸，任风飘摇

待来年，再看看那根挂着青纸的树枝

是否与思念一样脆弱，一折就段

白色之纸，像父辈一样接续

他们所祈求荫庇后人的愿望

我的孩子，肯定是不会继续了

传说，为我投梦祈福的老人

白胡子、黑胡子，他们都未曾一见

原本可在一片土地上生长，茅草

14

翻过坳口就是另外的世界

就能见到夕阳下父母的身影

你是此垮的青龙、彼垮的白虎

左右是相对而言，你是你的中心

大伯回到坳口，会开始傍晚地嘶喊

告知，申明，一天的结束，回归

成精了，一条大乌梢，总从这里出没

在夏日黄昏，梭出一股风

母亲时常被吓到，像你暗藏的魔力

那条蛇的结局，是被活活烧死

在你前方，石板下的岩洞

叔叔与干爹用谷草，我隔着十余米

那时的另一种娱乐就是观望

它不是你的化身，否则自会逃离

向西，向着坳口远去的路途

而让人无法追赶，你熟悉的奔跑

那些已不在坳口等待的友人

欣喜，遗憾，在相同的天空之下

就如大伯，却也不能回到他的老屋

每一夜鸟鸣，在星稀之始，沉沦

15

叔叔植树，为你植上杉木，香楠

让绿色，血液，如你承载的亲情永恒

原以为绿色可以覆盖，一个人的悲伤

却总是让人失望，亲手植下的那刻时光

原以为绿色可以延续，逝去的生命

却总是被折断，如吮吸着白骨的鬼针草

一把刀在谁手上都是如此

情不自禁，去完成自身的使命

爷爷也曾植下香柏，在这里

还有一棵红柚，我和明初经常爬上

圆圆的红柚，我们想象成神话中的苹果

随手采摘，对没有成熟的果实

柚子花开的春天，追随着蜜蜂飞往

花香醉过原野，我们匍匐倒下

香楠在慢慢生长，陪伴着远方钟声

他们或许不能感知，你已消失的笑容

只能为你植上，带着幻想的彩带

无论何时何地，它都可以

在一张白纸之上，把思念悬挂在

想要遇见的月亮下，像埋藏于地的古物

16

前世赐予你的子孙，一棵板栗树

日夜为你，比你的至亲更为执着

一刻也不离开，还吸引着另外的孩子

九月、十月，捡拾板栗，乡愁

三十年前，大大的板栗树下

我们以所谓牧童的角色

为秋天，自然界的成熟，黄叶

充当一个使者，以天空为镜头

用无限的广角镜头，记录着一天

把拍摄的风景装进岁月的相纸

孩子或许不知，不断掉落的板栗

之壳、之叶、之果，生成弯曲的线条

伸向天空，指着前世要抓住的方向

继续，替你讲述着没有被记录的历史

玄乎得，像整天飞来飞去的虫身

聚集在你四周，久久不肯离去

飞蛾不再迷恋，坟墓前的灯光

它们学会了，在板栗树上产卵延续

正在成熟的板栗，也被它们占领

落下的果子，还未入口，分明一种异味

17

生前居住的房屋已没有模样

我很好奇你的婚礼，是在瓦房下

还是茅屋里，你们跪拜的天地

被安置在何处，又面向何方

它们予你的后半生，祸福相依

花轿在山间，锣鼓敲响新娘

前往，陌生与祈求，一生一地

媒妁之言，言说了什么美好

山是同样的山，水是同样的水

人在彼此心中，像一个朦胧的钩子

洞房的喧闹，似乎要掀走窗外的风

花烛不只是夜晚，白日燃烧更为鲜艳

被融化的烛液犹如一生的泪水

堂屋之外，虽不说良田万顷

至少也能安下，一个女人之心

梨树下的花瓣应是风雨所致

第一个三月，应还在享受春风

她目视着自己影子，在虚无之中

满山生长的雾气穿过草丛

意念中的孩子，麻雀只有叫声

18

孩子出生，像天上的星星

有的越来越亮，有的渐次消失

你抱着他们，指向黑夜

告诉那儿有姐姐、妹妹、哥哥、弟弟

还指向对面的大山，丛林

狼的嚎叫与嘶吼，一定要记住

林中虎的穿行，也需要远离

传说中的野狗猎豹，有时也不让人

要善于进入山野，如祖先的躲藏

熟悉一条路，可以继续数星星，喊姐姐

姐姐去了远方，但她还能听到

能够在空气中传递的熟悉的声音

她熟悉这些声音，父母传授的技艺

还有哥哥，他躲在山沟里

被乡亲埋葬孩童的沟谷

老人们说"短命娃"的地方

只有你的声音才能把他们唤醒

他像沉睡的雄狮，需要呼唤

以扫除这片领域的障碍

让你快乐地寻找蝴蝶

妈妈缝制衣服时掉下的纽扣

19

该有一栋新屋了，为自己，或孩子

要谋求一块新的地域，最好就在附近

坐向，符合主人的生庚

堪舆师，是要假装谦虚一番的

三顾茅庐之事，也让其学会了迂回曲折

木匠总能把心中的尺寸落地

熟记于心的数字，一丈八，一尺八

每一个节点，卯榫就像手中的玩具

重新建造，这也是你的使命

一块匾额，一匹彩

后家的祝愿，像是来自前世

一檩一椽一柱一瓦，饱含着泥土之味

汗水浸湿的某处，被阳光炙烤

登上房顶的"鲁班"，抛洒着祥云

圆而又实的米粑，是最好的信物

柱础上的富贵二字，或是福禄

就像每一根都被仰望的横梁之上

那用红布一起钉上的"花钱"

康熙通宝，乾隆通宝

已经失去流通的本质和意义

20

踩门，三星而过，子夜之后

把相对应的，福佑之事

依托"星宿"，像下凡一样

来到人间，这个被赋予转折的夜晚

他们要把大门打开，在天亮之前

深夜里的星光，与其毕生智慧

在你香火前，以兑现说过的言语为己任

才不会成为"油师"，而有徒弟传承

你应该经过比选，对那夜的"三星"

他们没有隐藏，自己所具备的本领

或是外亲，或是内戚，或是同宗

开门的刹那，那时点，那声响

是推开了一扇门的命运

也是推开了你，后半生的命运之门

你笑了，在那个夜晚的油灯下

在祖先享用之后，把祭品分发给亲朋

他们为你，祖先只是在意念之中

三星还在天空，为你守望

他们为你许下的诺言已经消失

结果，你名字在石碑之上格外明亮

21

你生命中有许多片段

比如祝寿，丈上写着的寿比南山

"如月之恒，如日之升，如南山之寿"

最终还是要离开，我们自己所创造的词语

"积善之家,必有余庆;积不善之家,必有余殃"

你相信这样的因果轮回，才有今日

众人还在享用，你所承载的余庆之善

触拥着你的白菊，在冬日盛开

有意还是无意，你所聚集的地气

每时每刻都随花香而沉落

让那些日久的腐烂，追随着凋零

有一片掉落的楠木之叶

也共享着这一方位的荣誉

南山之竹，在你之右，方位向北

子女意欲把祝福持续，只能这样理解

他们把竹叶送到，梦里的南山

让一群候鸟助阵，绕北而行

那是门前溪流的方向，流向大海

丈上写着的，福如东海的大海

"从今后，儿孙昌盛，个个赴丹墀"

22

埋葬你的时辰已无可考

随着时间而去的还有我们的淡忘

一种不自觉的意识，对自己，对生命

阴宅之选，也自有规则

那负责勘地之先生，是否有曾预料

自己的杰作能够传承于世

那日早晨，他应是顺着师父的言说

一字不漏，程序不少，完成了你的葬礼

有所悟，也有所不悟，在这块台地

看见了东方，每日衬托着日升月起的轮廓

还有一个山堡，能够聚纳众山之气

是迁葬于此还是本葬于此，碑文没有记载

唯有护送你最后一程的亲人

见证了你在此地的最后躺下

哭喊在山间，属于你的安慰

他们自身也需要，倾诉抑藏的恩情

一生都所熟悉的山川河流

希望这最后的哭泣、呼喊，能为你留住

与那位先生，书写在不同纸上的符号

一并融入，小小之地，变为木草，重生

23

一直想找个时日，拓下你的碑文

顾虑却存于心，如疙瘩而无法化解

别人的言语，有时比马蜂还要蜇人

只是想存下，靠近故土和老屋的文字

以及，它们所依附的风物

与故土，与自己，有关的一点点痕迹

再而研究寻找，与自身的所有联系

以便告诉孩子和后人，他们的血脉之根

在某块小小的土地之上，不明之地

要让他们知道，数典忘祖这个成语

本有的含义及所在，代价，坚守

如今，除你外，谁还能给我勇气理由

重新拾起这份理想，把简单的夙愿

变成一个中午，或是夏日的损耗

让时间被割掉一只手，一只脚

永远停留，在带着墨香的纸上

储存于木箱，外婆为母亲制作的嫁妆

让那些发霉的味道，渗透进

字里行间连接着的不舍，怀念

以至于在未来的某一天才被翻开

24

林木把你环绕，腐烂之叶把你环绕

你幽闭在一个狭窄的空间

静听世人的脚步，踩过你的瞬间

还有匆匆而过，奔跑的急促

或许是傍晚时对你的害怕

有一个人影，从传说的黑夜走出

像幽灵，变成树木，各种形状的鬼神

其实许多过客，并不知道你的存在

"近怕鬼，远怕水。"那远处的鬼

相见也不相识。 这近处的水，深浅自知

树木还在生长，接近你离去时的夜空

在黑夜里想象，没人扰乱你的睡眠

次日清晨，谁又最先路过你身后

徘徊，或一去而过

他们是否告诉了你，昨夜所梦

如这新的一天，我们对未来

所赋予的某种猜想，所赋予的

形似，神似，偶尔还带着诅咒

画着字符，有着特殊象征的纹路

如脚步延伸之向，抵达各地

25

路的演绎，如一层层花瓣

剥开你藏于山中本有的绽放

无须以黄色白色红色粉色的名义

来说明，生长时所吸纳的所有元素

一直安静，与山中所有动物的幼年相似

藏身于一个角落，任其闲人路过

路把你剥开，就像时代之变

让你周围的古树，一棵棵倒下

或因为气候之变，或因为年龄之殇

而剩下的新生，乃孤寂之等待

近两百年的累积，把你的芳容

显露于今日，今日之路旁

当年无法预设它路的穿越

那些不能考证的眼光

也只能落在这山坳之处了

他们深信，为其立碑上坟的匠人

怎会缺德而丢掉自己的祖业

路的演绎，差一点让你的迁移

祸及花开后的种子，以及成年的松鼠

26

老鸹在你头顶的树木上叫唤

妈妈说是哪里又要死人

我害怕你的预言，就在附近

你应该能听懂老鸹的语言

它在为你增添，一路远行的友人

在另外一个场域的街道，邂逅

血缘，地缘，以生前交往的各种理由

重逢，老鸹授予你们的馈赠

黑色的它们并不知道

人类为什么赋予了它们黑色的凶兆

或许它善于在黑夜的夜晚里

发现人们遗落在黑暗中的身影

葱郁成林的枫树有着红色的枫叶

在秋天，在即将坠落的季节

像它们自身老化的羽毛

过客，目送着它们从空中飘落

老鸹自身也需要一种力量，以补充

虽不是脱胎换骨，却也是体内的固有之痛

而这次，需要另一种生物的代替

27

假想有一个黑影，长年累月

扮演着你，像月亮在天黑时出现

在天亮时又离开，把黑夜当作白天

把今天当作昨日，重复着在这里的一切

一个人占据着这片土地

居住着闲置的房屋，大哥二哥都外出了

爷爷奶奶的老房，所有的门都开着

似又回到了那个时代，把生命延长

黑影，充当着一位友好的使者

在田间地头劳作，为麦穗与谷粒

像某个孩子，圆圆的肚子一样饱满

不留下任何踪迹，一场雨水之后

所有的生命都异常清晰

是他请来阳光，打开无可言说的秘密

他已经无所适从，这穿越的时空

一早，便又回到了空门之内

我曾在你的墓碑之后绘图

用眼睛，一闪，勾勒出你能穿过的

以一个木匠的名义，名正言顺

测算出你能进出的尺度，以你的逃离为坐标

28

风已不能把你穿过，你学会了阻挡

风为什么要把你穿过，你学会了放弃

风在这里停留，又回到了那个夜晚

你点燃了子女送来的油灯

说是要考验，与风的感情

风静静地看着，你醒来时的轻松

这样的复活，逃避了人类的双眼

只有生长于土地的自然之物能感受

你们之间的那种默契

风一直在为你添加，桐油

你又一直为风照亮，休憩之路

你们默默回忆，第一次遇见时的凄凉

呜呜的声响就是不能解释的惩罚

一个人在风中，能听到远山野兽的怒吼

风要走了，又把你子女送的油灯熄灭

他不让你孤独，更不让你在夜中回望

柔弱的灯光之下，聚集而来的生灵

它们要吞噬你的肉体，残忍而且快速

风知道了它们的恶意，放弃了不舍

像你的孩子当初，急切把你掩埋

29

为什么对一座古墓着迷

它并不能带来所谓物质的丰裕

也并不能带来精神的满足

没有家谱证明他是我的直系

只是觉得，它一直存在于自己身边

爷爷奶奶在的时候，它就在

爷爷奶奶如今离开了，它还在

大伯、四叔、小姑在的时候，它就在

大伯、四叔、小姑如今离开了，它还在

始终认为，有一天自己离开了，它也还会在

小时，是一条小路通过

现在，是一条大路

它虽然看不见，但它应该明白

眼前的光亮，始终是生前的追求

我一直把它当作一位亲人

一位充满智慧的老者

喜欢它一直没有恐吓过我，以及我的亲人

喜欢它默默地存在就像早已腐化的尸骨

所谓思念，在于土地上的时光

30

遇见黎明需要擦亮眼睛

清晨，它替我们擦亮眼睛

送别夕阳需要翻越高山

黄昏，它替我们翻越高山

每天都有一个影子在这里行走

这个影子，我能看见

尽管身在远方，却依然能够看见

我所遇见的太阳是它所遇见的太阳

我所遇见的月亮是它所遇见的月亮

所以那些影子，可以看见并传递

影子，是已经过去的生活

可以触摸而又触摸不到

影子，是还未降临的美梦

可以想象而又无法遇见

占山为王，它并没有为王

温暖之手，有时给予的是冰冷之心

用每一次思念去祈祷

故土上的风物，有风有物

有着足够抵达彼岸的理由

而放弃，尘世间看透的生死

尾声

没有风吹的夜晚，你是不是觉得冷清

尤其是在除夕前夜

冰冷的抚摸，于你是一种奢侈

远方的灯光，人间都显得模糊

当初你想的不朽是多久

对你的挽留就是以不同的方式记录

献上三支烛光，在合适的时点

为你照亮眼前的世界

每天都能看见太阳升起

也是当初你给自己留下的后路

对你的找寻已经没有线索

对你的找寻已经没有意义

你已成为文物的一部分

虽然未经鉴定，时间却是如此

没有谁再恐惧，习惯了你的存在

就像习惯了你的不存在

缓慢的时间比飓风狂暴

便水门

消失的城门何其一处

缓慢的时间比飓风狂暴

不止一次,在那里宵夜

没有刻意去保留

所谓的豪气与耿直

市场与店铺的名字均已忘却

便水门,便于市民取水之门

上下而行,那样的风景

于晨,于昏,交错于梯步间

县塘外,张家洞

被古人赋予美好意境的风物

"铜壶滴漏"精准测算出往返的时间

相逢,擦肩而过,江边之事

在历史的废墟处茫然无知

陌生与熟悉都是对等的结果

中南门

中南门已经不只是一个门

群体记忆如踏石留印

把石板磨得一眼就能辨出时光

穿过古街,并不能穿越历史

木楼与主人,早已分离

它们被赋予新的标识

码头依旧，不只笑春风
往日舟楫往返，今亦成惘然
城门静静，回首暮鼓晨钟

所有的痕迹都只是走影
二十年前，在中门下的木船
吃鱼，饮酒，赏月，谈笑风生

北门

瓦窑河岸，古树枝繁叶茂
从这里过坝上桥
亦然成了一段难忘的记忆

门在何处，始终没有遇见
唯有这些石阶让我深信
这是当时通往外界最为重要的通道

石阶两旁,古树不只一棵

筑巢的鸟儿也没有想到

这将成为过去,历史

有些事怎也无法回忆

如今,只能从历史地图里

去锁定北门所处的方位

经历过的人觉得这是一种必然

而回忆它的人始终有一种遗憾

东门

穿过薄雾,还能看清

时间的镜子,我亦不是我

春意如期而至,短暂停留

渔舟唱晚,如水淹没沙石

此刻有此意,相遇而安

不再幻想,迷恋,等待

东门桥依旧,只是不再通行

它所纳,所渡之人

如不远处的医院,所挽救的生命

古树,俯瞰着这一切

盼着它尽快发芽

带来阳光,洒满江面

西门

日落西行,总是在此送别

远去的木船、亲人、朋友

船桨一划,把落日撕成碎片

不能诉说的难言,心痛

刀绞之后的波光之鳞

带着阳光的血

一大杯滴落的葡萄美酒

红了恋人之裙，如鱼尾的褶皱

把月亮想成久长之情

深埋在河底，遗落的银戒

独守城门，倚石而靠

绿叶垂落似一张温顺的唇

西是沼泽，是水，是柔情的河

西是弦月升起以引满月落下

车水马龙下的光影

怎能承载，它所见证的海誓山盟

唯有西门桥下的神兽能够感悟

再度西行的太阳与月亮

夜晚，从虚无的城门遛进

梦中尚未关闭的窗户

东山

东山有阳，每日擦亮古城

周而复始如雁之往返

习惯于东面开窗

从早到晚让念想最先抵达

东山有月，从童年望到暮年

日夜旋转的星河像一枚钟表

北斗七勺悄悄拨弄着指针

指引着先祖驯化着六畜五谷

东山有鸟，每夜为人睡催眠

布谷白鹭喜鹊乌鸦

不同的鸣叫都像一个人

每晚在窗前浮现

东山有石，城市的长眠之枕

让梦醒之人久久留恋

白天与黑夜交替的草木味

辨别领地的独有标识

东山有痕，时代留下的印迹
山中之事山中之史，有序覆盖
抚摸，回味，仰视，畅想
长衫下，鞋履隐忍着针线之苦

东山有鱼，在悬崖峭壁之下
在变幻的长河里闲游
黄叶飞出古墙，顺势而饮绿水
诱"北冥之鲲"化为东山之鹏

东山有寺，却亦无钟声
断断续续的香火偶尔点亮
香客藏匿于内心的秘密
闪烁于人间的时光

东山有山，东山亦无山
东山有魂，东山亦无魂
东山在属于方位的坐标上
东山在城市的空间里位移

文笔峰

一个人在雪中登临

浓密的雪花敲打着我

我用早生的白发迎接它

从天而降的圣洁之物

融化于发间的声响

伴随着林中脆竹断裂的瞬间

我没有遇见任何同类

如一只失散的孤雁觅食

随着白雪一起降落的城市

数着时间,不到二十分钟

一座山与一座塔,就被我所拥有

无法打开那把封锁塔门的铁锁

却也为这短暂的对视而深感幸运

仰望雪花里的塔身

容纳着雪花洗涤后的人间

清新的光影，是谁在峰顶

伏魔山

当开始回忆，十几年前

第一次触摸你的蕨台

春天正如数十亿年的进化

演绎出不可预料的未来

大鹏溪与外溪

把不祥之事束缚在山底

双柱立天，凝望多少江河

假如有一天不再幻想

也是不得已的遗忘

风景在上，世俗在下

看远方山水,听近处鸟鸣

赏人间炊烟袅袅,觅心心相放之处

日出而作,日落而息

跃动的画面被镶嵌在山间

鲜花,嫩叶,与落幕的星辰道别

秋上屯坡

与一座山的缘，也如一个人

这是秋天，我看见了山外的梯田

金黄的稻谷处可惜不是故乡

多年前的一天，曾在这里等待

一个人，迟迟没有出现

真已忘记了她的名字

面对这样的秋色已经显得迟钝

还有一些地方是繁忙的工地

亦如储存在内心的欲望

那里隐藏着酒吧，烛光下

女子碰杯的声音

恰如青春时破碎的梦

也许还有一间房间，有一面镜子

随时都可以看见另一个我

那些狂妄的桀骜不驯之言辞

有时还不如一片落叶

独自在山上离场

熙熙攘攘的人影来去又如何

昨日许下的诺言就是酒后的暗伤

印山

印山已无山，只有楼房

有序与杂乱并存

时间的印迹就是如此

人去楼空，人声鼎沸

开门与关门，不同的人影

印山已无山，只有名字

美好的回忆从其开始

在有序与杂乱中梳理

百灵鸟站立仰望的角落

飞过的春天直到如今

印山已无山，只有书院

整座木楼亦如雕刻

题写匾额的名人

西去时是否忆起了这段时光

香柏与棕榈的欲望

不能储存所有的影像

印山已无山，唯有形如印

崇敬，被赋予厚望

心中都愿自己拥有

马蹄声声踏过的烽火

在一张小小的纸上燃烧

旗头山

山顶有寺，寺中还有人

姓龚，居此二十余年

家住高楼坪，另有两兄弟，祖籍秀山

我们从半山登临，他焚香而迎

残香相拥，余状如莲花

他生命中最后的作品

日夜修行而成的苦果

山顶有泉，且日夜不涸

手捧一口甘泉水饮下

山有多高，水有多甜

泉的大小正好装得下日月

日月从此路过，怎不感激

这是它们行经于此最好的归宿

遇阴雨而睡，随天晴而起

山顶有树，两棵皂角

安然悬在崖畔

枝头还挂有三五皂荚

余已落地，我在地上拾起七八

带回家熬制汤液

欲以其洗尽，发间尘埃

或对其药效，列入某方

治己或为别人治病

如在山顶之势，福佑来人

玉屏山

守身如玉,冰清玉洁,玉树临风

山与玉相连,便有种种可能

一场雪,年年如宾客而至

一山白色袭寒冬,何其不净

一个人,或许失意而来

欲对山河而问,该何去何从

一阵风,无意而过

不是有意吹落闲花一朵

对于名字的追问,玉屏山

更多是一种猜想

应是遮挡了对岸之人

心中一处原野,新的隐喻与象征

往水中窥去,被掩埋的玉石

山不在高,何况山亦不高

登临都不曾有何目的

随意而如花开

鬼针草,野菊花,蒲公英

与山有关,与山无关

诗友曾在此讨论

玉屏之事,玉屏山之事

夕阳,雕塑,铭文,树影

越是要找寻它们之间的某种联系

则越是与它们悖离,诚如下山的执念

白泥村

古井,芦苇,路过时总是猜想

春天时水鸟一群,应该在此筑巢

此时冬日,它们去了何方

暂时离开了世代而居的故乡

还有一去不返,安居他乡的兄弟

古井边,亦无洗衣女郎

风声吹过,古柏已成昨日爱情的孤证

雄雌二鸟衔来的枝条还在

圆形的鸟巢像一面镜子依然悬挂

不远之处是石桥,桥上能听见什么

黎明时阳光开始下沉的一刻

穿行于野草间的各种连理

连接成，昨夜月光下的背影

我总是躲藏于这里的角落

石桥深处的村庄，枧冲

一栋栋相连的木屋

是孩子走外婆的地方

每一个孩子都有如此的渴望

就像我儿时也常来常往

高台子子辈湾，母亲出生成长之地

每一个村庄也都如此

除了自己的儿女，还有很多

与它们有着血缘的孩子

在后来，在一种若有若无的回忆中

岩屋口

岩在屋口,屋在岩口,总以这样的设想抵达

冷水江在这里转弯,我无意记录它的坐标

一栋房屋,悬挂着村委会等各类牌子

进出的人员,早已淡忘被时光洗掉的血腥

偶尔谈起,已是在远久的故事

从未相见不是从未发生

创造"命运"二字,或就是为内心鸣不平

或为偶然而又无法解释的现象与事件

找到一个看似合理的借口,安慰

有人在这里徘徊,远望即将落下的夕阳

夕阳逐渐拉长他的影子，像这房屋孤独的木窗

没有人为它开启也没有人为它关上

岩是红色，在北去不远的山上

先人给它取了一个形象的名字，红岩坡

岩是独岩，沿江而上水源之一独岩洞

悬挂的红布增添着自然崇拜的神秘

岩是岩上，岩是下岩坝，紧密相连的地名

异乡人为何又要去联想岩字之间的渊源

对陌生之地的着迷，其实并无意义

闲言碎语间夹杂的往事，没有还魂的尸骨

我又何尝不为他们的无辜哀鸣

这岩与那岩之间的流水，只顾东去

每一声叹息于历史的洪流都是一种虚无

恶滩村

恶滩，为何不名叫鹅滩

河水多清，一群鹅在河滩之上

车坝河路过这里时，该是何种美景

一次次在意念中想去改变

却也还是如此

恶滩，是不是民风异常彪悍

战乱之时，滩上的风呼啸而过

一个人来此，应该心惊胆战

恶滩之外，也还有许多

双足无法抵达之地

总是被人遗忘的地方

我喜欢虚无而又真实的场景

像这小小的路牌，恶滩之下

与之有着并不相似的风物

假如有一天，我被自己放逐

在这样的滩外，心灵深处的故乡

我一定不再惧怕，正在生成的寒风

在陌生的地方老去多美

如一粒种子被候鸟带往异乡

乜江村

花满一屋，花香是没完没了的悬念

主人种下这唯一的爱好

就像植入了无数森林

每一次深深呼吸，如在山顶

早晨，午间，下午

兰花被其带走的时辰

花本生于林，而被带入尘世

被欣赏，拍照，其偶也有向往

当然是不被摘下，只待自身谢去

说起花事过往，有编造嫌疑

没有记住我认为的虚假缘由

这没有花本身足够打动

其花不卖，也有真心

崇敬古人，为何取名乜江

这一如此诗意之境

主人闲心是否源自先祖

林木之原味散落于此

心于此处之变

苦于没有记录而无法比较

该怎么向养花人询问

牙溪村

细雨中，谈论着上周的阳光

遗憾一生中错过了许多

孩子总是喜欢推开，每家院子的小门

他的好奇，就像每一个院落的精致

在于红枫之叶，或是瓦片错落

穿过石墙，似乎能触碰到时光裂缝

有的土墙快要坍塌

工人们还在继续改造着村落

枝叶隐藏后的木栏间

多少夜晚承载了人的一生

用一双眼睛从这里俯视

村落，月下树影，小河流动

该怎样淌过对它们的畏惧

悄悄地，一个人想尝试的事物

村外两棵古树，不论世事

一动不动护佑着每一位来客

此刻，我听见了叶落入地的掌声

茅坪村

三年了,连一颗野草的种子都不如

还没有找到一小堆泥土生根发芽

多么羡慕那些盛开的鲜花

它们沐浴着四季之风

冬暖夏凉,还有不变的光影

每一个夜晚都准时呈现

在一块块被人为铺垫的石板上

所有动物,包括我们都只是过客

岁月断裂的是还未抵达的梦想

被自己设计而又控制了自己的欲望

应该要学会，像树枝放下黄叶

来生虽有一段时日，却更可待

村没有了原样，也不再可能还原

就如逝去的时空，带着哲理的追问

所有的事物都只能去适应变化

乌鸦进入城市，品尝着我们剩下的美味

流浪猫狗早已习惯在人群退隐的街道闲逛

面对这里的天空，不再怀疑

脚下的土地永远是一块沉重的磁铁

吸引着我，而又不能挪动

似乎多一点思考我就失去了自己

父母一直紧握的肉身

茶园村

只能假设，有关的符号已经消失

山茶树，不远处名叫茶园的河

留在老屋的人，所剩无几的物件

一个木升子，我都把其带走了

这是姨夫母亲的嫁妆

我的女儿却用其盛满了松果

沿着祖辈出山之路，向上而行

阳光把树的身影投射在落叶之上

切割着落叶与树身之间最后的念想

斩龙坳，世代而居的半山

兴旺的家族被他族嫉妒

深夜袭来挖断山脉的天然龙颈

第二天天亮后却又复原

神话的力量填补着成长的懵懂

所有的悲伤都会被时间覆盖

姨夫怀念的三棵杨梅，还剩一棵

他们的相见似乎比遇见童伴还要亲切

姨夫父亲就葬在那棵树的山下

那是农历庚申年，我还没有出生

满山的树，生长得越来越密

他父亲从未剪断的长发

风一吹，便飘向了他的手心

四坳村

四坳村很远,不惑之年才得以走进

柚子瓣排列的山形

似曾相识,于此,于心

每一次与陌生的距离

都因此而拉近

四坳村很大,我只走进了木棚组

末末儿时生活的村庄

山上之雪未融,炭火替代了阳光

低头就能感受大地之暖

四坳村神秘,我一直没有明白

乡亲们言语里的所指

地名，人名，特有的声调

只有相似的落叶能辩识出时节

友人的母亲去世了

我们围坐在一起

尽量隐忍，避开一些话题

谈论从前更能怀念

如她母亲的身世

这特有的酒席，九大碗

白喜也要喝一口"六井溪的凉水"

却是醉了，怎样回家不再重要

本就未曾来过，如离去的老人

白岩村

漫无目的地寻找,森林,河流

一座山坡,草坪,沙滩

安稳,告慰

需要停顿一个下午

这是源自骨子里的基因

生一堆火,宣示我们的存在

像远古时以一种特别的话语

公路在数十米外,来往车辆无人停扰

火被关在几根柏杨搭成的架子中

"'关火'就是这样"

一群笑声而至

急促，迫不及待

似乎要证明此地正好

坳那边，还有一口水井

适合人留，即使短暂

今日寒风不大

"烧走乌云烧出太阳"

这应是来自苗疆的口语

一看，西边山头，太阳真被烧出

而东边，月影亦凸显

十几分钟已足够，山中无意的祈祷

不是这块土地上的巫术

而是同行人坚信

事物间相似的灵性

这个半夜，恍然醒来

窗外明月正好穿过

有种恐惧，如小时在夜下的无助

转身，躲进被子，忽又回望，月也不见

迷路村

鸡鸣，它不知道我们计时的标准

太阴历，太阳历，几月几日更不明白

每天都有这样的阳光才算完美

尤其是在初冬，林中的枫叶之下

无法记录每一片树叶落下的时点

不同时刻组成一段完美曲线

蚂蚁、昆虫、山雀随之而舞

祭奠已经死亡的前半生

从山顶俯视，坐落于山谷的村庄

山路相拥田坝，结束了夏日的绿色

掀开一束稻草,借由山上的风

每一只硕鼠的出没,在老鹰眼里无法伪装

一位阿姨感叹,儿子还未结婚

眼神与力量明显减弱,如正移动的光影

他人的安慰于她只是托词

信仰如被敬奉的土地,充满期盼

被开采的碑石,横七竖八躺在半山

还没有名字,像还未出生的孩子

它们大多将被运往远方

像每一次远飞的候鸟,有的不再回来

情在半山

1

雨降半山，与往年今日重逢

你我在普通时节相遇

源自城北的恩赐

让我感知方位的温暖

一座城市，也需要用心旋转

为每一个节点都能抓住

洒落雨点的云雾之势

这是黑夜，我们在诗意下的半山

话筒与音箱之间的朗诵者

亦如躲藏的雷公

不断吐露出夹杂着文字的细雨

舞者随其而动，似乎要把半山带走

这种虚幻，来自她舞步的位移

她越是投入我越是着迷

把半山之雨带走，用湿润的肌肤

带走雨中的舞台，灯光

在深夜回放，无法抓住的场景

已不用再次登临这里的楼阁

只需默念，匾额之上

"情在半山"四字而已

2

空寂的禅椅一动不动，面向窗外

曾在此修行的僧人与香火

今又何在

每一个人都在眺望，替你

看上塘之水，城市逐步向前的脚步

山脚没有了钟声

山中亦无老虎

山中之王怎样故土难离

与这下楼的瞬间，应该相似

双眼失落，逐步远离林间美色

山脚没了香火

黄鹤山上无黄鹤

最后带走的，是黎明还是落日

一场秋风之后的红叶

沿着回归的天际线

看山看水，日月旋转

望你望我，感怀古今

一排排整齐的公墓

是谁停留的翅膀

3

饮酒的人在竹林里干杯

喝茶的人在竹林里品茗

互不干涉，如两种鸟

酒杯之间是咕咕的声音

全力阐释山林隐藏的故事

用以麻痹，偶尔路过的行人

碰杯，举起长长的竹竿

又放进水里划动，旅行的航船

在小湖里还可以继续，搅动沙石

醉意变成薄雾，清晨再次醒来

山间，砍竹人在呻吟

茶热之时手心感叹

在竹林间托起，受伤的手腕

从鸟巢里摔落的翅膀

一生还未飞翔

却如杯中茶叶开始沉降

饮尽山中汁液，在杯中

让绿叶的命运再回于手心

如那对焦虑的翅膀

起飞，再一次逃离

一口清泉前

取水的路人已成长队

4

流落于此，如一块青石

成就了命运的转折，永恒

接受人的践踏，偶尔还有马蹄

才能激发出体内的韧性

虽没有生命，却感知着黄昏的喧闹

月光消磨着我们，在夜晚

如在一把胡琴上拨弄着琴弦

迎送名流，乘船上下的行人

从明朝开始，偶也有凡众

为城开启一扇固定之门

也为自己，躲避洪水捉弄

不断连接两岸的行走

接缝之处是坚硬的手掌

直到今天，仍在不停拍手

用名字蕴涵的特殊意义

为白天与黑夜祈求，再慢一点

让忙碌的生活在石板上摔倒一下

滞留，如伤心的某一位过客

寻找头顶上北极星所在的位置

此时的幸福，是祖先的许诺

一定能够来到，在人们散去之后

5

不只是闲聊，想象着木椅上

每个读书人在这里的姿态

刚进来时，是围绕拱宸桥这一图片

还是环顾四周，看你每一个小方格内

不同的书籍，或者奇石

怎样开始一节课的生活

仿佛不在于此，而在讲台上

话筒开始响起的力度

书院之后，怀疑

读书声中长起来的铜钱草

是否能够分辨声音与脚步的不同

或者借把力，别人瞥你的神情

抑或衣服上独特之纹

难为你了，悄悄看你一眼

你只是这里的仆人，太静了

需要恩惠，积蓄能量

不断移动倚靠的砖石

直到共享这空间中的文字

翻阅着《拱宸》

6

在夜里，更容易忘记一条河的深度

虚幻的灯光，更多只是一种误导

试图用不同的故事去探量

游船之外，不断追寻的目标

始皇治陵水道，到钱塘越地，通浙江

如一道序曲，在江河之间弹奏

临河而居的古树、竹木、草丛

未能料到命运因此而变

监工一声令下，也可主宰

后人行走的线路，比如此刻

酒醉的游人，也会抢过话筒

打破导游格式化的介绍

亦如有意无意，滴落的茶水

在运河上发出的折叠之声

或然，船工也能指挥吴王的军队

只是再也不能站立的阴骨

已适应了他乡，胜败已不能重演

历史如此，戏也如此

富义仓遗址还在

运粮的船队还未休息

康熙乾隆的塑像于桥墩处守护

一种期望，一场雨

在夜空下继续，如两岸柳枝

覆盖了月色，以及我们轻声的闲谈

7

半山娘娘，引申为一段传说

本身就是一种肯定

即使没有庙宇为你栖身

在民间，你依然存活于故事的相传

这只是我猜测，在你塑像面前

制作工人是按照自己设想

还是按照信众所描述之形态

一切都定格于眼神相遇之处

你本姓倪，乃山中闺秀

源自母性，因救康王赵构

后高宗赐撒沙护国显应半山娘娘

立庙祀之，一段家国情怀

藏于皋亭之腰，为山

聚人气，也带来无数苍凉

毁又建，建又毁

如时钟之循环，不停敲响

工匠的种种工具之声

他人为你作揖，我却只看一眼

墙上的文字默默如你

告诉，半山，山本属人

8

半山杯，盛一山之水

悄然在一座古墓里偷懒

或许是习惯了主人的陪伴

嘴唇的形状，以及手指的长度

与其一道，沉睡在时间之土

水晶杯，透明之物，为何隐藏

如果不是主人的吝啬

或者是主人儿女的孝心

你早已破碎，在另一方土里

偶然的决定总是带给后人惊喜

半山门口，对视着复制你的石雕

其他人并未在意，可能是已经熟悉

不能取下，只能念想

你在博物馆的生活是否习惯

如何听懂今日的言语

在羡慕，或是惊奇的眼神下

怎样泰然自若，一语不发

待黑夜来临，管理人员关闭灯光

才又回到熟悉的场景

独自，怀念被端起时的轻柔

第五辑

时间与我，漫无目的地追逐

自然界

总想回到森林取回我的玩具

即将腐烂的不同形状的树枝

不同种类的蚂蚁、蛆虫、蘑菇

孕育着生命的泥土、真菌、水汽

我喜欢越来越小的事物

就像感觉中逐渐缩短的时间

当我细微得不能再细微的时候

细菌病毒，就已经成为仰慕的存在

发自内心敬畏业已存在的物种

作为时间的一部分，或是季节的一段

聆听着森林中所有熟悉的鸣叫

乌鸦，猫头鹰，不祥之物也是多么和蔼

我必须回到森林，取回我的名字

我害怕春天带走我唯一的象征

虽然只是那树叶中一片

但只有这一片才是我最准确的画像

桃花

一棵树独自盛开

远处是弯曲的枝条

可能是园丁当初有意而为

错落有致是他的理解

嫩叶含笑,于花瓣身后

让这粉红独现出春的滋味

桃花何时也学会了浓妆

献给谁,驻足停留的喜鹊

还是再次归来的园丁

这样就有一片心中的桃花

只惜谁都不能主宰

一片小小花开

真理在绽放的花蕊之间

桃花会谢，终不及寄托之情

无数笔尖之下，从古至今

依依不舍或虚情假意

草坪

清爽明净，绿草重生

谁家的猫在此流浪

蜷缩在树木一角

是否厌倦了世俗的岁月

而在此反思所犯下的罪孽

它疑惑着过往人群的目光

似懂非懂，每一个亲近的面庞

尽力靠近另一类物种的味道

如野花清香，在此飘荡

松鼠在这里奔跑

衔着从别处偷来的水果

相互攀比，或是躲藏

迎春花已开，用色彩

衬托着逐渐下沉的春光

晨光

哪有万物的光环耀眼，你的象征

穿过层林之后，是线条与薄雾之美

透视着林间小道，晨跑的人影

他们未曾感触，你赋予的温暖之手

石刻因你而更显光芒，金色重合

艺术，罩上了一层自然的面纱

字里行间的真理，随日升而愈明

晨跑的身影逐渐向它而去

是你开启了大地之门

人们才得以进入每一个光明

最早的一刻,谁也不曾遇见

山顶,海边,昨夜,今晨

缓慢穿过我的房间

脚步与身影追寻着真理

像一场电影中的细节

推开窗门而又瞬间消失

花落

闲看时间从你身上坠落

假装是一种修行，无意捧起

零碎的花瓣，有的已经腐烂

行者追求着玉兰的圣洁

我只是路过，如啄食的山雀

一阵风袭来，令人想起前世

站立于下的孤寂，岩石

不需要敲击就能懂得的道理

总有一天忘记，围墙之内

玫瑰并不代表爱情

转动着自己，花一样飘落

我呼吸这世间独有的规律

一步一步，一片一片

相逢于散落的瞬间

谁的离开才是真的离开

追问的黎明早已沉寂

阳光之下，枯木之上

无法与其相融的春风

是你我真实的距离与存在

晚雪

洗涤着尘世的心

草坪上的一切

为什么如此之晚

还要降临

喜欢这白色的迟到胜于你

让梅花有了放下的理由

肉眼无法看见

你所覆盖的尘埃

一点一滴汇聚

在时间的草丛下

以求某日,变为肥沃之土

为春意留下一张白纸

随时能够写上赞美之词

三月并没有故意,延缓脚步

昨日光下的侧影

没有规则的线条

抬头又看见了自己

鸽子正演奏着你谱写的名曲

没有人能翻译的天籁之音

工人洒落的谷物,与这晚雪

在日历上不断被重复

春风

从掠燕湖面而来，燕子呢？

唯有天鹅在扇动翅膀

还有鸳鸯、野鸭

暗淡的月光也随之而起

枝头微微颤动，显示着你的力量

掩埋在泥土下的树根

和我一样沉默

我们需要你许诺

以一阵雨，或是阳光

自由自在的锦鲤

也能感受到傍晚

你把湖面掀起道道美景

多想借用你的速度来丈量

与彼岸的距离，渐次而明

可还是忘记了时间

拂过时的无情

不必抓住，你的有意无意

春风而起的时节

在异域总是想到故乡

祖母把我紧紧地抱在怀里

在深夜，风声呼啸而不过

蝌蚪之春

我在拥挤着蝌蚪的池塘里看见了蓝天

孩子的身影也在下面

像一朵云,遮住了它的一身

一阵游动掀起了风中的衣角

没有规律的,如我对此地的向往

总以为能找到上次的心情

过去那些奔跑,总是无法延续

忘记了当时暂停的草地

亦如青蛙忘记产卵的那片树叶

似乎都在寻找,属于彼此共有的季节

黑色的精灵本预示着希望

他们等待跃动,与孩子的想法一样

他们无法记住的春天,就像我的失忆

我抱着孩子,凝望野花一朵

短暂而即将凋零的一季

无法握住的一双手,虽然挣脱了亲情

却如那些脱离的蝌蚪,永远未知

陌生的到来,究竟是善是恶

夕阳

说着说着你就出现了，与我对视，还有她
难道你是有意选择此刻，一并进入黑夜

把你框定在某个时点，用镜头
却还是无法维系你的每一个唯一

就连居住在半山的人，说也是多年难见此景
我深信他们的真诚，惊叹的表情

从堂屋里窥照，你即将带走的今日

我也在逐渐朽去,随身后的林木

何必去挽留,黑夜下的执意而去
闭上双眼留住的美好,想必才是永恒

这一长桌的美宴,即将被端起的酒杯
铺就了我最接近你的通道

还是拿起竹筷,像平常的晚餐一样
开始一场,群山之中缓慢的醉意

鹅

在山中，四周是茅草坟墓

没有像天鹅一样能飞的翅膀

在水面踩着脚下的天空也是一样

它自由，无视我们经过

羽毛，洁白，应该有着共同的祖先

墓碑上的名字已经静止了

像这寂静的旷野，风吹也只是一阵

或许也有夭折的魂灵，被猛禽吞下

连埋葬它的土堆都没有留下

就更别说记录它的名字了

只有茅草在动,似乎在搅动沉睡的魂灵

告诉墓碑,有人在念读他们

关于雏鸟的未来,小小天鹅

鹅的呼喊只是无用的努力

不能飞翔,已经是注定的前程

我喜欢干净的天空

我喜欢干净的天空,尤其是在傍晚

没有人为的一丝痕迹

一个人在河边,像那些游鱼

往上,往下,感受着自然的力量

人真的不能两次踏进同一条河流

总是在同一条河畔思考同样的问题

如果天空与大地倒立,会是怎样的一种坠落

杞人忧天,我也这样的傻傻可爱

我终于理解了梦为什么在夜里出现

黑色的无限是它们的共同本质

游鱼有梦吗？它和我有着一样的奔跑

一束电筒光，我以为是天空上的彩霞

没有鸟飞越，没有羽毛的掉落

没有树，没有蜘蛛织网

没有密密麻麻的电线，传递信号

没有这一段路，没有黑夜中的眼睛

我喜欢干净的天空，尤其是在傍晚

傍晚的天空像爷爷的笑容

偶尔有几丝云彩，也只是他的皱纹

他的眼里是这个世界

椿象

用一个唯美的名字掩盖了真相

像你的肤色,有绿有黑有灰

不是所有人都愿与你臭味相投

我们的一见便在异味之间

从小就开始远离,除非不得而已

但我又偏爱你的飞翔,停留

在布满香味的花椒香椿树枝上

那些未知的白沫不知是否由你所致

以为是臭味的另一种表达方式

以致活跃的手指也不敢轻易触摸

只低头仰望,树枝交叉的空间

像一片茫茫的宇宙,我们共同探索

怕你掉落,并摔断翅膀

你的小心翼翼也如我的担忧

在毫厘之间移动,且不断生产

我其实不能看见的臭气

你还有更远的征途需要保护

孩子不能理解的房间,生命

偶尔举起手掌,或持起一根木棍

试探着你的举动,像神话中的白纸

还写着你另一个更美的名字,九香虫

白蚁

开始以为是柳絮飘飞至阳台

喜欢四月的风就像你的死亡

寻找你的出口就像早晨

睁开双眼时还未结束的噩梦

空有一双白色的翅膀

想来房间继承我的一天

从阳台中央，看见了你的坠落

对空间的侵害，像对灵魂的占有

难以醒来的噩梦是不是一种阴谋

用你在黑暗中爬行的力量

抑制着我血液的流淌

我要告诉消灭你的团队

他们的敲门声即将响起

就像你盼望的阳光,你的天敌

一遍遍搜寻着你的尸体

为你们举行一场特别的葬礼

真正的柳絮还在窗外,风中

促织

秋天的叫声就一定是悲悯吗

孩子在梦里的呓语我只有猜测

白天我们在一座山上寻找

你的洞穴就像童话里的城堡

隐藏于草丛的细小躯体

何以能在夜晚发出隆重的欢呼

没有一种童年如此相似

把对未来的不知放置在群山之间

希望空旷的原野能够接纳

没有拘束的哭喊本身就不是罪过

乌云遮挡的天空是明夜最好的梦

都在渴望能够把你感动

生命的另一半，在叫声中前往

再把生命的余音献给土地

等待来年，投胎的孩子继续吟唱

有时，更喜欢弱弱地鸣叫

不希望坚强有力而拼命

一个虚无的历史故事不断演绎

来自聊斋志异里的一只虫子

也是一个孩子，充斥着民间的想象

飞蛾

你是夏夜里灯光下的傀儡

我们在酒杯里扶正你卑微的跪拜

清风下的烈烈火焰换成酒后的激情

扑向我，可我并不爱你丑陋的身体

其实你不能看见这残余的光亮

只能感知，我们在黑夜里的呻吟

不断吐出的酒香为你提供停留的站台

不断向上摘取变色的枝叶

你虔诚地来到，像那些逝去的亲人

传说中你就是他们的化身

每一次针对你的挥舞与踩踏

我们都像被刻进耻辱柱的罪人

炽热的灯罩，像一具变形的青铜

谁能在这里敲响钟声，并传递给明日

酒醒的清晨未必就是雨天

清洗掉醉意下豪言壮语的晦暗

我悬挂着诱饵，用布匹制成的药丸

你不知道我的绝情，其他都是谎言

继续扑向异味下的空间狂欢

我无需，你以死来证明的信任

蜘蛛

织成的网似一张皱纹向我靠近

用力穿过网线间的空闲之处

在门口,逃离始终带着黏性

你明知感觉到了我的存在

为什么不抓住我,逐步远离的设想

猎物或是树叶上的露珠

它的滴落像一路上的炮声

迎接新娘,或者送走死人

你喜欢这种含蓄的等待

或许就在等着我真正逼近

一个夜晚的恐怖都没有吓到

况且还是早晨，神清气爽才开始

试探还不如撕断你的牵挂

你异常镇静，无法把我激怒

黝黑的一身像一位老人的着装

皱皱眉头，感觉是他的血液在流淌

背后的景象模糊得如同记忆

我又开始退离，触碰的网

一丝一丝又从自己脸上弹回

这细微的声音像你，屏蔽的呼吸

螳螂

我不是黄雀，没有一双能飞的翅膀

你不必担心这未知的一刻

蝉已离去，我只是同情你的无助

四目相对于清晨的雨露之下

我们多了一双眼睛

只是彼此都不能看清对方

迷离，而又无聊地思量

父母已老，我还是孩子般把你捉下

不变的模样就是不曾改变的记忆

如这个家庭，最初的温暖

青蒿的果实依旧，我选择秋天

与你接近，像一种祈求

你跪对着朝霞，鱼鳞般的白云

偶尔破碎的天空其实有着完美的蔚蓝

像我们各自逝去的祖先

他们都有一个隐藏的青春

你不停攻击，我偷窥你的镜头

我们交流的工具，尽管不能言语

我却能听见，按下快门的声音

像声声劝告，最后维持的距离

蠡斯

我们围绕着你，给你拍照

一群孩子试探着你的触角

你若无其事，一点也不惧怕

另一个物种的干扰，或者扼杀

你悠然地向草丛前进，带着谢意

我们又不断地把你挑出，阻挠

这不是战争，而是一出游戏

你有翅膀没有飞翔

你有双腿也没有弹跳

在这秋日，已经硬化的公路旁

借用一块绿地，在这里小憩

据说，夜晚大多的声音

都源自你的孤独

需要另一半，抓住黑夜的凉爽

为那纺花的比喻，一种相似的声音

合奏出并不能催眠的催眠曲

确实有一位姑娘在夜里

像树影，墙壁上有意无意的轮廓

你温柔地逃过我的手心

蚂蚱

当你走上餐桌，再也不能跳跃

幸还是不幸，我夹起一只

美味又把我带回草丛

你是否完成了使命，生儿育女

没有看见，你垂死挣扎那一刻

反正都是死亡，而捐出身体

让人能够品尝源自杂草之间的盛宴

吞下一只，便饮酒一口

权当为你的无私敬上一杯

你能感知这发酵的粮食吗

原本和你一起生长的草木

因为人的技高一筹

都成了我们今夜的盘中餐

偶尔也后悔,该让你自然而然消失

为子孙,留一具被抽空的壳

让他们能够看见,祖先的塑像

因为我总是在酒后意识模糊

不能忆起先人的面容

他们在接近死亡的瞬间

是否真正被送入了天堂

蜻蜓

蜻蜓点水，一处池塘

把子女留给半亩及比邻水域

说是顺其自然，其实也属无奈

祖辈给他们的选择只有一山

角落里剩余的这块天地

或者是一条河流

便于隐藏，且向着大江大海

梦一场，孩童离开的晚上

他们和我一样，并不能确定

一定能够抓住摇摇晃晃的树枝

随时被追赶,风与他物无情

偶尔集中,在另一块空域

为主人守护,即将成熟的谷物

孩子也无法,向往飞翔

这是属于夏天,独有的精致

蜘蛛网被制造成工具

捕捉,为着来世点水的一刻

生命精心设计的繁衍之举

却被我们当成敷衍了事的比喻

彼此之间都在误解

文字并不能承载熟悉的伙伴

竹甲虫

与你共有一片竹林,近山,远水

一起度过夏天,遇见,别离

像与童伴穿越阴暗的雨林

潮湿,不断包围着自己

想象云雾离去后,剩下的躯壳

是否就如这般,继续等待

你带着一群孩子对天空探索

可是你的六足已被折断

你的翻滚就是一阵失落

后悔于自己的贪婪,或迟钝

被设计的听觉与视觉

就如竹林下，被遮挡的光

总会被慢一点感知

竹林开始生长，郁郁葱葱

被折断的足，在土地里腐烂

训练一只虫子的起飞

囚禁在镜子的背影，泰然自若

天鹅

1

不会忘记这些没有名字的天使

给人以片刻欢乐，在饭后

他们的散步与闲聊之间

反而会忘记，陪伴的身影

湖中的悠闲自在，是人的向往

时间赋予高贵，如春阳覆上金光

独特的象征与文化被授予

民间传说，被羽化的神

作曲家柴可夫斯基笔下

洁白羽毛展开，柔情有旋律

似又被无形的价值所掌控

一举一动都是一种特别

有的恨不得把自己比喻成

母语里像着青蛙的动物

都能够意会，那一种动物

它要以怎样的专注去成全

你在湖面之中的唯一

每个人都把心中的日月放下

为你停留，一束纯洁的光影

将来的迁徙，不可预计的行程

2

孵化雏鸟，天然的母性于此

在皇家园林旁，历史沉积的深处

原本藏匿于人迹罕至之地的场景

却被人为的巢穴所俘虏

熙熙攘攘的人群，路过，拍照，转发

基因，本性，也让它们无法离开

温暖的鸟蛋就是至尊的生命延续

季节也期待，怀里总有未来

雏鸟与父母一道划开湖面

沉寂的平面被它们打开

倒映在脚下的白云，图案

另一片天空，属于初夏

还不能触摸到的风景

这么近的距离，柳枝系着两岸

天鹅妈妈开启夜的精灵

她不再害怕，灰暗的流水

月亮沿着一条椭圆的轨迹

从东向西，从睡意蒙眬到天明

3

"它们的感情是朴素的"

两只雄性白天鹅没有听见

行走在林荫大道上，我们笑了

一只白天鹅的伴侣去世了

一只白天鹅的伴侣飞走了

是没有孩子而逃离

还是为黑天鹅腾出空间

白天鹅躲在角落

摇摇摆摆不时发出声音

偶尔靠近人群，以求安慰

饲养员也苦恼，对两只白天鹅

白色纯洁的羽毛，也曾掉落路旁

饲养员自己的白发，有时也会掉落

除了感情，这是他们仅存的联系

永远无法理解，白天鹅的坚守

对于被遗弃的天鹅

最后一步，展翅的优雅如何迈开

4

两只天鹅悄悄诉说着什么

不在巢穴旁，顿时就有一种预感

肯定发生了意外，鸟蛋确实不见了

黄鼬，还是其他动物

偷走还是抢走

空空的巢穴已没有任何意义

有一些无所适从，怎么会如此不小心

后悔已来不及，希望就这样破灭

无法听懂他们的言语，在自然之间

低沉的鸣叫却能触动心扉

面对无法抵抗的侵袭

只能妥协、沉默、放弃

什么时刻，天高云淡的午间

还是月黑风高之夜

让你们爱的结晶，还未出壳

就从怀里离开了湖岸

如果她已经开始有了知觉

应该会哭泣，伴随着开始成型的纹路

没有眼泪，只有破裂的声音

有时时间一晚就晚了一大步

生命也就这样

经验是一湖清水不能告诉的秘密

5

摘一片柳叶给你

带着孩子向我们游来

为什么会习惯别人的恩赐

明文规定不能向你投食

但还是有人，偶尔还不少

出于好奇，对于你的不知

或知之甚少，以及新鲜感

人自身的无趣与有趣

刻意与你靠近，倾听

无法告诉人世间的秘密

向北，向南，凭一双翅膀

真为一片柳叶而咀嚼

我看见剩下的一截枝条

这是春天在我们之间的交流

风吹而过，叶子再一次长出

该用什么让你在春天

品尝出世态百味

6

四只小天鹅长大了，懒洋洋在湖边

一点也不害怕，我们路过

它们像一群未知的孩子

目睹着一起成长的绿草与红花

有着味道的颜色是最美的记忆

已经习惯了，传授知识的校园

似乎也要在此追求真理

关于生活与生命，由此及彼

青春终将离去，短时的安逸

必得去面对未知的风浪

抓住最后一段休闲的阳光

跟随着，舍不得离开的父母

每次路过都要看看它们

也成了这段时日的不自觉意识

草木之间，捕杀与保护

特殊的关系，已经过数万年演化

不去伤害经历的认识与焦虑

流逝的时间，已溶解在岁月

我也如四只天鹅的父母

对孩子的关爱超过自己

7

猜想，锦鲤为什么跟着天鹅

"人为财死，鸟为食亡"

锦鲤确是为着食物跟随其后

天鹅特意喂食，似乎如此

它没有攻击跳跃的鱼儿

天鹅用得意的模样混淆了是非

我们曾一度认为这和谐相处

是它们在这狭小湖面的并存法则

天鹅吞下人工所投之食

遗落部分于水，锦鲤捡漏

每一次投食，鹅鱼相拥

人为设置的风景经过停顿

就进化成了物种之间的选择

也是一种异化，类似于人的规则

特意干扰，于它们也是无意

所有的习惯一经沉淀就会融入

外界不了解的一幕一幕

被不断改变，恰如自然的风雨

只有不断适应，才会被记住

某月某日，出现在人的镜头里

人也只有不断变换焦距

才能锁定"不被理解的一刻"

8

天鹅的叫声，在夜晚让我想起

天空的月亮是否会掉下

它正仰望的星空已经开始后退

从它们轻盈滑行的彼此之间

我不熟悉这样的表达

夜晚的鸣叫却能穿过我的身体，灵魂

搅动着我奔跑的旋律，与静止的柳树

走远了的脚步，回味着

我们共同经历着的一段时间

能否记住，相互的身影

其实也没有分清，黑影之间的区别

像这些鸣叫，来自另一个世界

离别，难道提前进行了预演

心有灵犀，就在于特定的时刻

只是我不能停下，像吹过你的风

大音希声

总是回忆着神树的声音

可山谷已不可能传回

已经没有了灵性，裸露的山谷

你的孩子已经长大

不再需要大声呼喊与辱骂

大象无形

昨日白鹭成群，应是随了姑娘

山头寂静，鸟羽正在腐烂，面对空空的一片

樱花之白，空剩初春的芳香

暗洞无洞，背影无影

花儿绽放的时刻，她在林中

建一座塔楼登顶俯瞰

花瓣于风中飘落，覆盖了谁的银发

在树下

我听见了夜神呼唤

穿过林间的犬吠

落叶在我脚下死亡

金色的生命从此欢笑

这一刻仰望的森林无语

接近黑夜的树枝也开始恐惧

我的出没像是一场修行

黑影与树桩一道

静静接受黄叶掩埋

期盼夜晚如这风后的摇摆

树枝就是风铃的比喻

没有月光的深潭吸纳所有祈愿

以为梦在一片无草的原野

每个人的替身从黑夜里回来

都如虫茧在来年蝶变

春河之影

行走无声,如平水之静

看不见自己的倒影

就像看不见被隐藏的恶毒人心

怎样才能找到被淤泥覆盖的码头

太盼望春天了

我要用时光造一艘小木船

回到,只有你我的年代

如能遇见漏网的鱼儿

鱼儿烦透的白鹭

共同俯视着到手的生灵

像渔夫,宰杀游动的一切

我还想独自守到深夜

在光滑的石板上剥离出双眼

假想着被射下的日月

用温度或光亮

为这春天,洞穴里的硕鼠

护送着一朵樱花的凋落

凉意

城市不远，只是暂时寄居

一生于青山算什么

何况有时还未至一生

唯有，享受这一份凉意

秋天没有带给我落叶

意象中的飘飞已被远山白雾笼罩

路灯已经熄灭，依然能感受到夜的气息

因光而醉的飞蛾还未苏醒

在桥上感受着催眠的美好

呼吸着凉意，却不能停止
像光影里的飞蛾，也像这阵秋风
否则怎么回到，青山下的一生

向山

身如一只蝴蝶，越过窗台

看不清对面的风景

以为是来生最美的早晨

谁不想充当一只大鸟

从天空掠过，那些弱小的鸣叫

都是应该忽略的部分

主人究竟身在何方，丛林里

若隐若现的土堆

已经无法锁定身处的位置

至于容貌，只能从那些摇摆的树枝

来猜想他可能的态度

曾经拨动过罗盘的手指

手臂稍稍一偏，可能就改变了

在这里，仰望天象的角度

二十四向，每一次针对你的比对

都如我每一天醒来

总是选择不一样的角度

向着山外，构思着最佳的图景

午后

从食堂到寝室,不及一只飞鸟

脚印覆盖着岩石上的阳光

过去的,偶尔才能回忆

某个时段对它特有的迷恋

昨夜留下的礼物

梦模糊,抑或诞生于此

时间与我,漫无目的地追逐

没有浪花的水面,随莲藕一起沉寂

些许黄叶正在腐烂,耗去了天空

不需要证明,过去一年的存在

一生，何尝不是此刻

寝室在北，向着星斗

我在与其短暂的距离间徘徊

不想回到独有的空间

午后多好，阳光就如设置的闹钟

梦醒之时，睁开双眼

昨天，过往，许久以前

没有隔阂

夜之鸣

没有了田，蛙声还在

没有了房，土地还在

没有了人，情感还在

没有了星星，天空还在

没有了梦，黑夜还在

我无法听懂黑夜里的言语

我无法预见黑夜里的风向

春天后的绿草是我的孩子

我陪伴着他入睡

我抚摸着黑夜里的精灵

他抚摸着还未醒来的童话

没有了树,鸟还在

没有了河,鱼还在

当蛙声渐远,示意深夜来临

一个人拥有的山川多么幽静

群山之上

在群山之上放牧

意念中的羊群如青草遍地

不需要竹鞭便肆意奔跑

一路向上,沿着山脉

跨越烈日清风云雾

山川河流树木小道

像那些聚集的信众

在时间久远的坍塌的碎石间

不需要粮食

饥饿在信念之下微不足道

阳光即使只有一瞬

就能遇见自己

人影，失散而去的羊群

明净的天空下

随时都可挥动双手，掷一颗石子

一闪而过的声音

群山之约

约定在群山之心

约定在梵净之山

约定在一场诗意的畅饮之中

约定在辛丑年三月廿二

约定好的总有人未到

既然如此,还要什么约定

也是如此,约定才有意义

三言两语闲言碎语

群山论剑,诗歌之剑

已知与未知从不约定

答案都在群山之中

前生与来世从不约定

一生都在群山之中

约定只是一个虚拟的符号

说，与不说

都不曾在约定之中

约定只是某一天

在山上，共同看云，看山

在山上，唱起原始的民歌

群山之论

谈论到深夜，却已忘记了内容

时光就这样被彼此消耗

偶尔的兴奋还记得

如昨夜点点星光

为什么要这样破坏时间的平衡

如意，还是不如意

谁又能解释清楚

狭隘地猜测种种可能

却以为是自己的智慧

那一夜的傻意

有时至今都不敢回忆

人已中年，却还年少轻狂

我们在一堆书中

里面的文字又何尝不对我提醒

再冷静一点

早该放下群山之上的谈论

散落在夜间的点点滴滴

洗心

我来看山

却被心扰

就算你是我的山

毕竟不是我的心

我们在山上看山

我们在心里扰心

山被云雾遮挡

心被天空呈现

云雾是朦胧我最爱

若隐若现实不现

天空是明镜我最爱

正面反面都只一面

山在对面

心若这方

对面永远是故意残缺的风景

这方一直如小小竹林寂静

我来看山

却亦不被心扰

所有的过去和未来

已经洗尽，平常之心

唯有今天与此刻

如言之而过的闲语

随时激励着尘埃随地而起

以致不需要洗去

群山之心

第六辑

触手可及却是瞬间幻影

摹"临涡"

——读曹丕《临涡赋》

衣锦还乡,岂能数典忘祖

建安十八年,几缕香纸

随父拜谒于祖坟

后又经东园而遵涡水

合于生地山水之灵

启于祖先草木之雨露

下马而书《临涡赋》

"荫高树兮临曲涡"

故土之河,人生之河

沿河而上,沿河而下

起伏如河水浪涛之始末

望尽前方，猛志之四海

生如水之信念而不失

死如水之未来而不灭

"微风起兮水增波"

风吹归客若过客

终有过客是归客

不分南北东西

水中涟漪便是心趋所望

以此寄托明月之光

风临树枝，弯曲有向

"鱼颉颃兮鸟逶迤"

鱼，怎知鸟的志向

它的四方，与这故乡

总隔着一层水面

鱼，可跃龙门

而门却在河的远方

只能追随着鸟影

"雌雄鸣兮声相和"

白鹭，苍鹭，鸳鸯

被赋予高贵的象征

日夜陪伴着父老乡亲

习以为常的燕子,麻雀

唯有声音,与天空,白云

与故乡之味融为一体

"萍藻生兮散茎柯"

水草茂盛,枝叶浮满河面

就像一个宗族,家族

从此而兴,而别,而又彼此相接

以此为媒,共同的河流

涡河,乡音不变

"春水繁兮发丹华"

春雨丰润,红花早发

地育万物更育人

春有意趣,人有豪情

季生情志更生临台

涡神似

——读曹植《洛神赋》

涡水有神，名曰什么？

若有所比，还似洛神

屏翳所控之风，终落于万物

川后主河，必纳所及之地

冯夷生水，每一滴都蕴藏灵性

女娲独奏之音，亦是独特之律

涡水有惊鸿，不只若洛神

而是涡河游子之身

譬如曹植，赞美她的每一个文字

都似惊鸿之羽不曾掉落

涡水有游龙,沉浮在水底

隐藏于河岸之林,名门闺秀

及笋时节,落落有方

如林中春笋显露芳容

"秋菊,春松,蔽月,回雪"

何尝不是植君之心

血液与故土,最纯的想象

"含辞未吐,气若幽兰"

何须说出自然之美

对待涡神,就是如此

似乎亏欠了涡河

他一生还有许多游子

都未曾以母语为母亲之河抒情

就已离去,属于自身的那一份

涡河之水,亦如汗水,泪水

"浮长川而忘返,思绵绵而增慕"

古人云:爱江山更爱美人

时下曹植,无江山,亦无美人

虚拟洛神,被赋予最真词句

对故园山河进行至美补偿

洛河与涡水,一群人的生命与信仰

洛神与涡神，高台之下

以赋寄心，"背下陵高，足往心留"

触手可及却是瞬间幻影

山海经

——读曹操《观沧海》

山是何山？海是何海？

每次路过皆因不同心境

乌桓之敌终不及武帝之师

碣石之山因胜利而豁达

沧海尽在眼前，故国河山如往矣

水波荡漾，此起彼伏

战死沙场的骏马，男儿，心腹

西边黄沙何曾不是层层阴影

海岛耸立，终究是梦寐以求的故乡

身处异乡永远不变的梦境

月亮升起便能看见孩子的眼睛

太阳落下便能听见步伐放缓

日月交替并不能带走尘土

唯能淹没在尘土里苟行的肉身

"星汉灿烂",没有感知亦无法感知

秋风再大,于它们又能怎样

海浪一波一波,只能伴随着心跳

"树木丛生,百草丰茂"

战马驰骋都将其化为乌有

歌以咏志,能放下一刻多好

山都有名,海都有身

胜败乃兵家常事

山海里的经脉

注定是王者的名声

兄弟

——读曹植《七步诗》

那一刻的绝望,应是早有准备

七步之内怎会想到萁豆之关联

是一世才气打破了沉默

豆本为物,"煮豆"与"漉豉"

不同的路径抵达不同的命运之屋

"持作羹","以为汁"

登台为赋深受其父赏识

以酒为兴擅开司马门失宠

瞬间从昔日之台坠落

铜雀,则亦不能护佑其身

于台顶环顾汉中

羹为鲜美之物如得意之你

豉为发酵之品如失意之我

"萁在釜下燃，豆在釜中泣"

物种延续的不同构成，植物

其中也有情谊，连接的经脉

燃兄煮弟，何必被世俗利用

这七步，似胸有成竹

假以风吹，或忧其燃得更快

豆亦为器物，"相煎何太急"

以豆煮"豆"，曰菽之物

名称相变，生性不变

先祖之血不就在你我之间

豆不同为豆，各自有深意

于此却亦相融而不弃

七步之间，应有一颗星宿

才气之外，须是整夜银河

才能照亮豆生之地

望故乡

——读曹操《却东西门行》

以鸿雁相比，南来北往

需经历多少春秋

才形成这基因传递

"冬节食南稻，冬日复北翔"

候鸟的无奈却是人心所向

春日抵达北方

总给有情人无限想象

寓意鸿雁书信，苏武不再牧羊

典故里虚构，智慧略胜一筹

鸿雁在天，飞蓬在地

"田中有转蓬，随风远飘扬"

一粒小小的植物种子

也终将远离父母

带着使命与荣辱的将士

何时才能平定四方

月是故乡月，云是异乡云

战马啃食着异域肥草

怎能卸下主人座鞍

碰杯，还得从铠甲伸出双手

事业未竟，终不还乡

任其神龙见首不见尾

任其走兽漫步闲游山冈

"狐死归首丘，故乡安可忘"

落叶归根，镌刻于心

但沙场上的事，成败

却有如雁离蓬散之意外

支撑着故乡的永恒存在

父爱

——读曹丕《短歌行·仰瞻帷幕》

把父亲当英雄，把英雄当父亲

准帝王之子，追父为帝以尊

灵堂，最后道别之地

阻断父子之间的面纱

连接着前世与来生

灵位，浓缩着一生爱恨情仇

星月照耀下散发出最后余光

"其物如故，其人不存"

一念之间，亲人即离你而去

祖先所言之神，或许便是如此

随时可以带走它依附的身躯

"呦呦"鹿鸣,孩子任之听之

"翩翩"鸟姿,幼雏效仿模拟

你用尽世间万物

隐喻为孩子无限悲伤

你也借所有历史典故

表达此生之心性

"忧令人老",懂得节制

"孝"的另外表达

并不惧怕,痴情地老去

英雄之身还需立业

久久叹息,也只能深深怀念

行未竟之事还需蹄疾步稳

战马虽在等待,但时间却已紊乱

骑上就要立即调整,征程之向

子承父业,不是满头白发就能如愿

深夜

翻阅古书，念及古人

寻找故土，离开的人和事

只有少数被史官记录

其他的只能从零碎的史料中猜测

数百年前先祖的生活状态

文笔优美的奏文，言辞有理

为着百姓，也为着一方江湖

跃动的灵感不能复原历史

部族之间，征战之事

历史的规律，一而再，再而三

本是同根生，相煎何太急

秋风扫落叶，一年又一年

情绪俨然在回望中生长

那时的故土，不属于我

深夜，已经不属于我的春天

轻轻放下，手中的册页

页码上的数字，全是虚拟的年份

似乎要刻意混淆我的视听

夜无声，真还能听见

历史深处的对话

真理，如同鲜花，代代相传

任何一粒尘土都不能偏离

1. 砖，金

砖金相嵌，一定就是金砖吗?

大盗在回家途中守候

把一块砖奉为一生探索的真理

如被四书五经照亮的文字

一直信仰忠诚正义善良

行走之风送走了有义之盗

颜如玉，黄金屋，不需要这样的回馈

你，永远是金与砖分裂的利刃

砖是金，熔你一生的金

冷却后又复原，智慧或谋略

砖也不是金，散落于无意中的流离

聚集于宽容的手心

一把钥匙开启尘封的石砖

淋湿，曝晒，翻阅凝练后的章节

金砖只是依附的节点

行走的足迹，山川与河流转折之处

每一篇日记，批注，文章

阳光下映射着无法预测的未知

用祖先的历法，计算出吉祥的日子

为不经意的选择给予安慰

2. 砖，木

砖木相连，可能成为一座房子

不需要太大，节制是一种名望

传递出馨声，在深夜吓退石马鱼兽

破坏良田的妖魔鬼怪

砖于木间是一道墙

心灵之墙为何轰然坍塌

欲望之火不知不觉，白蚁在梁内

吞噬着人的骨架

藏木于林，让位于喜鹊

为子嗣的婚事欢呼

每一个物种都需延续

人自己，用累积于心的言行

搬动一块砖，撬动一根木

不能在进化之路放弃了本能

再造一座房子

并不为那些背道而驰的同类

高墙有一点高，高得不能望见

父母，子女，亲人，朋友，未来

砖木之间，只是一念之下

就失去了一扇窗，一双眼睛

3. 砖，水

砖水相拥，是沉是浮

人生之浪何尝不在掌握之中

水能载舟亦能覆舟

人最好不要在江心停留

无意还是有意，都像一个魔咒

旋转的漩涡总是连着另一扇门

陆绩唯恐船轻打翻而放上岩石

空荡的前行，后人谓之廉石

陆增祥秉承先祖又运着一船砖石回乡

强盗的本能，兴奋后又失望

砖在船上若隐若现如一面镜子

似乎随时都能看见水的深度

砖本可跳入水底，做一无名之辈

待到水枯之际再显清白

船公无需掐指神算

一气走完九九八十一滩

廉石廉砖，痴心无憾

所有水路再无阻挡之滩

一块砖，一把逆水行舟的戒尺

测量着身子退回的深度

4. 砖，火

砖炼就于火，如一块试金石

以一种什么样的姿态回归

一堆尘土，还是闪闪发亮的原矿

没有谁能给出正确答案

最原始的高温，如吻

在一座窑子边沿静待出炉

火红而透彻的躯体不只是过去

现在，未来，都是绽放的玫瑰

谁不期望美丽的花朵，如一阵死亡

短暂而静候，候鸟离别时的长鸣

被烧成的状态，永远是你我

一个春天或者秋天都应具备的素养

水中冷却的一刻，那些热气

一生积蓄而又不愿释放的能量

不愿拾起模糊的张张面容

火上行走的影子必须倒下

直立于火外，观望别人点燃的世界

空间或大或小，能够熄灭的只剩自己

砖源于火，一个孩子始终不忘母亲

咔嚓一声，永不停息的怀念

5. 砖，土

砖生于土，汇聚了坚硬与黏性

如一个人必须要坚守的底线及时空

不能忘记原本的形式、状态、存在

且要升华，譬如方正清白

虽只是物，生命非生命都有天空

借助力所能及的翅膀而行

经历高温炙烤

越来越接近自身特质

繁杂的风浪与诱惑，燃而不毁

仰望星空，抚摸着心的跳动

只有自己善良才能世界善良

只有自己直了他人才趋近于直

一堵墙上，沉默如智者

让着幼小的藤蔓植物不断攀爬

终有一天，再化为土

在一道轮回中感受，蜕变的魅力

蝶蛹之间，吮吸露珠，一片海洋

轻风下，紧紧贴住没有起点的跑道

任何一粒尘土都不能偏离

砖的布局也不过如此